GW01605032

LES MISCELLANÉES CULINAIRES DE Mr. SCHOTT

DU MÊME AUTEUR
AUX ÉDITIONS ALLIA

Les Miscellanées de Mr. Schott

LES MISCELLANÉES CULINAIRES DE Mr. SCHOTT

Conception, rédaction & réalisation

BEN SCHOTT

Adaptation & traduction

BORIS DONNÉ

ÉDITIONS ALLIA

16, RUE CHARLEMAGNE, PARIS IVe

2007

L'édition originale de cet ouvrage a parue sous le titre
Schott's Food & Drink Miscellany™
aux éditions Bloomsbury, à Londres, en 2003.
Conceived, written, designed & typeset by BEN SCHOTT

www.benschott.com

Édition en langue française réalisée par Boris Donné

Quelques-uns des articles rassemblés dans l'édition originale des *Miscellanées culinaires* ont trait à la langue anglaise ainsi qu'à certains aspects de la culture britannique d'un intérêt limité pour le lecteur français. Certains ont été librement transposés ; d'autres ont été écartés de l'édition française avec l'accord de Mr. Schott, et remplacés par des articles originaux, composés directement en français. — B.D.

L'auteur, le traducteur & l'éditeur déclinent toute responsabilité sur le plan médical et nutritionnel, ainsi qu'en matière de sécurité alimentaire. Au moindre doute, demandez l'avis d'un spécialiste.

Premier tirage de l'édition française
Achevé d'imprimer & relié en septembre 2007
sur les presses de LEGOPRINT, à Lavis, en Italie
pour le compte des Éditions Allia

Dépôt légal : octobre 2007

ISBN : 978–2–84485–256–4

LES MISCELLANÉES CULINAIRES DE Mr. SCHOTT

Un smörgåsbord ? Un rijsttafel ? Un mezzé ? Une assiette anglaise ? Un ambigu ? Un salmigondis ? Un amphigouri ? Un bouquet garni ? Un salpicon ? Une capilotade ? Une fricassée ? Une galimafrée ?

Les Miscellanées culinaires de Mr. Schott sont tout cela – sinon davantage.

Les Miscellanées culinaires de Mr. Schott sont une collection de notations instructives ou saugrenues (au propre comme au figuré). Elles se proposent de ramasser les miettes oubliées sur la nappe de la conversation. *Les Miscellanées culinaires de Mr. Schott* n'ont certes pas la prétention de faire autorité, d'être exhaustives ni même pratiques. Dans une cuisine si petite, il fallait renoncer à proposer *à la carte* un service complet : ce petit livre n'aspire qu'à ouvrir l'appétit des gourmets en leur offrant un *menu dégustation.*

LES FONDEMENTS DE LA VÉRITÉ

Des efforts considérables ont été déployés pour vérifier l'exactitude des renseignements contenus dans ces *Miscellanées.* L'auteur doit cependant décliner toute responsabilité si vous commandez un plat qui vous dégoûte ; si vous prononcez une parole déplacée pendant le bénédicité ; si vous ratez votre cake d'amour ; si vous préparez une quantité inappropriée de spaghettis ; ou si vous empoisonnez votre tante préférée. Comme le disait Jung : "Après tout, les erreurs sont les fondements de la vérité."

Suggestions†, corrections, précisions, cocktails & recettes peuvent être adressés à l'auteur par courrier électronique à misc@editionsallia.com, ou par voie postale c/o Éditions Allia, 16 rue Charlemagne, 75004 Paris.

[*Les lecteurs attentifs remarqueront peut-être ici la reprise d'une poignée de notices déjà parues dans* Les Miscellanées de Mr. Schott *: il a été décidé de les reprendre quand leur absence aurait été dommageable au présent ouvrage. Autant que possible, elles ont été revues & augmentées.*]

† L'auteur se réserve le droit de s'approprier ces suggestions et ces recettes pour les utiliser dans une prochaine édition, dans d'autres ouvrages, ou à seule fin d'épicer sa cuisine.

Je suis redevable aux personnes suivantes, qui m'ont dispensé plus que généreusement leur soutien, leurs avis, leurs encouragements, leur expertise et leur expérience :

Jonathan, Judith et Geoffrey Schott.

Clare Algar, Stephen Aucutt, Bill Baker, Joanna Begent,
Clare Bernard, Martin Birchall, Lisa Birdwood, John Casey,
James Coleman, Martin Colyer, Victoria Cook, Aster Crawshaw,
Rosemary Davidson, Jody Davies, Liz Davies, Mary Davis,
Jennifer Epworth, James Fitzsimons, Penny Gillinson, Kate Gunning,
Gaynor Hall, Charlotte Hawse, Highgate Bookshop, Max Jones,
Hugo de Klee, Yuko Komiyama-Folan, Alison Lang, Rachel Law,
John Lloyd, David Loewi, Ruth Logan, Chris Lyon, Jess Manson,
Michael Manson, Susannah McFarlane, Colin Midson,
Charles Miller, David Miller, Sarah Myerscough, Polly Napper,
Sandy Nelson, Sarah Norton, Oonagh Phelan, Cally Poplak,
Dave Powell, Daniel Rosenthal, Tom Rosenthal, Sarah Sands,
Carolyne Sibley, Rachel Simhon, Caroline Sullivan,
Nicky Thompson, David Ward, Ann Warnford-Davis,
William Webb et Caitlin Withey.

On trouvera quelques-uns de leurs restaurants et bars favoris p. 152.

Primo, attrapez votre lièvre…

— HANNAH GLASSE†

† Hannah Glasse (1708–1770) est l'auteur d'un des premiers grands livres de cuisine en langue anglaise : *The Art of Cookery Made Plain and Easy* (1747). L'ouvrage, dont le titre complet peut se traduire *L'Art de la cuisine, rendu simple & facile : où l'on surpasse de loin tout ce qui a jamais été publié sur le sujet*, a connu 20 éditions au cours du XVIIIe siècle. Cette citation célèbre en Grande-Bretagne est née en fait d'une erreur de lecture : Hannah Glasse commence une de ses recettes par *"Take your hare when it is cas'd"*, où *cased* a un sens particulier : non pas "prenez votre lièvre après l'avoir capturé", mais "après l'avoir écorché" – comme si, en français, on avait pris "étripez votre lièvre" pour "attrapez votre lièvre"…

GOURMANDISES ÉQUESTRES

ANGES À CHEVAL	DÉMONS À CHEVAL
Huîtres parées d'une tranche de lard grillées et servies sur un toast beurré	Pruneaux parés d'une tranche de lard grillés et servis sur un toast beurré

SAFRAN

Le safran est extrait d'une plante de la famille des iridacées qui fleurit en automne, le *crocus sativus.* Son nom, dérivé de l'arabe *zafaran* ("être jaune"), désigne à proprement parler les stigmates en forme de filaments du crocus. Chaque fleur porte trois stigmates, que l'on cueille à la main. Il faut jusqu'à 150 000 fleurs pour produire un kilo de safran en poudre : ce rapport a assuré au safran le statut d'épice la plus chère du monde, d'une valeur souvent supérieure à son poids d'or. Le safran dégage une odeur intense et une saveur parfois amère ; il est employé aussi bien comme assaisonnement que comme colorant. (Pour procéder à une teinture à partir de safran en poudre, délayer dans de l'eau et laisser l'étoffe tremper quelques heures.) Sans doute en raison de sa rareté et de son prix, le safran a longtemps été considéré comme un aphrodisiaque. Zeus, disait-on, dormait sur un lit de safran ; dans de nombreuses cultures, les voiles de mariée étaient teints en jaune dans un bain safrané, et les Romains fortunés jonchaient de safran leur lit nuptial – d'où l'expression latine signalant une particulière allégresse :

dormivit in sacco croci — il a dormi sur un lit de safran

HEURE CONVENTIONNELLE DU DÎNER

Au XIXe siècle, dans l'Angleterre victorienne, les domestiques devaient servir le dîner en se conformant aux conventions horaires suivantes :

heure annoncée	*heure réelle*
6 heures	7 heures
6 heures précises	6 heures et demie
au plus tard à 6 heures	6 heures

RONDS DE FUMÉE

Émettre des ronds de fumée est plus facile à faire qu'à expliquer. Une technique : avaler une gorgée de fumée, plaquer la langue en bas, former un cercle avec les lèvres (comme pour dire "oh !"), et expulser la fumée non pas en soufflant, mais en contractant la glotte à petits coups réguliers.

POP-CORN : HISTOIRE & DILEMME

On produit du pop-corn en plongeant des grains de maïs *(corn)* dans de l'huile très chaude : sous la chaleur, l'amidon contenu dans les grains gonfle jusqu'à en faire éclater *(pop)* l'enveloppe. En Amérique du Sud, l'usage du pop-corn est très ancien : il semble que l'éclatement de grains de maïs jouait un rôle important dans certaines cérémonies aztèques au XVIe siècle. Ce n'est qu'en 1893 que Charles C. Cretors conçut la première machine à pop-corn mobile, ouvrant la voie à la fabrication massive de cette friandise. Au cinéma, commander du pop-corn a tout d'un dilemme : le pop-corn sucré finit par devenir écœurant ; le pop-corn salé a l'inconvénient de donner soif. L'idéal est de commander un peu de chaque sorte. Après recherches, il semble que la méthode optimale consiste à remplir la moitié inférieure du gobelet de pop-corn sucré, puis à compléter par du pop-corn salé *(voir schéma ci-contre)*. Ainsi, juste au point où la salinité devient incommode, on atteint la couche sucrée qui apporte répit & variété.

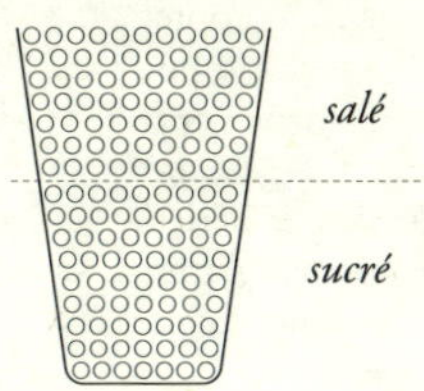

QUELQUES BIÈRES DU MONDE ENTIER

Castle Lager	Afrique du Sud	*Obolon Premium*	Ukraine
Tinima	Cuba	*Quilmes*	Argentine
Cisk Lager	Malte	*Rüütli Õlu*	Estonie
Efes Pilsen	Turquie	*Sagres*	Portugal
Hite	Corée du Sud	*Sapporo*	Japon
Hue Beer	Viêt Nam	*Star Beer*	Népal
Keo	Chypre	*Tiger Beer*	Singapour
Krakus Zywiec	Pologne	*Tsingtao*	Chine
Cobra	Inde	*Victoria Bitter*	Australie
Maccabee	Israël	*Xingu*	Brésil

"C'EST GOÛTU"

Le film de Patrice Leconte et de l'équipe du Splendid *Les Bronzés font du ski* (1979) a divulgué la recette d'une spécialité savoyarde dont le secret était resté jalousement gardé : la *fougne*. Cette pâte épaisse est composée de tous les restes de fromage d'une année, auxquels s'ajoutent les couennes, que l'on a fait macérer avec du gras et de l'alcool de bois pendant deux ou trois saisons. La fougne est servie à l'étalée (avec ses vers) sur une belle tranche de pain ; elle s'accompagne d'une traditionnelle liqueur d'échalotte relevée au jus d'ail, de préférence avec un crapaud desséché dans la bouteille.

L'ŒUF MONSTRE

Casser une ou deux douzaines d'œufs en séparant les blancs des jaunes. Enfermer les jaunes dans une vessie de porc, les faire durcir dans de l'eau bouillante, et les retirer de la vessie. Verser les blancs dans une vessie de porc plus grande, placer en leur milieu les jaunes durcis et fermer en serrant bien. Faire bouillir le tout jusqu'à ce que les blancs durcissent. Égoutter, dresser sur un lit d'épinards : l'Œuf Monstre est prêt à être servi.

Cette recette, aussi insolite que spectaculaire, est hélas passée de mode.

TOASTS POLYGLOTTES

Afrikaans	Gesondheid !
Albanais	Gëzuar !
Allemand	Prost !
Anglais	Cheers !
Breton	Yehed mad !
Catalan	Salut !
Chinois	*ganbeï !*
Danois	Skål !
Espagnol	¡ Salud !
Espéranto	Je via sano !
Finnois	Kippis !
Gaélique (Irlande)	Sláinte !
Gallois	Iechyd da !
Grec	*ebiba !*
Grec (ancien)	*hygeia !*
Hébreu	L'chaim !
Italien	Salute !
Japonais	*kampaï !*
Latin	Bibite !
Maori	Kia ora !
Morse	··· ·– –· – ·
Néerlandais	Proost !
Norvégien	Skål !
Polonais	Na zdrowie !
Portugais	Saúde !
Roumain	Noroc !
Russe	*na zdorovié !*
Serbo-croate	Ziveli !
Taïwanais	*hotala !*

(italiques : approximation phonétique)

HYSTERON-PROTERON

L'Hysteron-Proteron était un club à Balliol College, Oxford. Evelyn Waugh l'évoque ainsi dans son autobiographie *Un médiocre bagage* : "Ses membres s'imposaient, au prix d'un grand inconfort, de vivre une journée à l'envers. Au saut du lit, ils endossaient l'habit de soirée, buvaient du whisky, fumaient le cigare et jouaient aux cartes ; puis à dix heures ils se faisaient servir un dîner à reculons, en commençant par les desserts pour finir par le potage." Le terme hysteron-proteron vient du grec *hysteros* – "ensuite", et *protos* – "d'abord". Il désigne l'artifice rhétorique consistant à renverser l'ordre logique d'une phrase pour produire un effet dramatique ou ironique. Exemple classique, tiré de Virgile : *moriamur et in media arma ruamus* – "mourons, et jetons-nous au milieu des armes" [*Enéide*, II, 353].

CAFÉ, POUSSE-CAFÉ, &c.

S'il faut en croire Ebenezer Cobham Brewer (mais aucune autre source ne confirme ses dires), il était d'usage, en Ardenne, de boire après le repas dix tasses de café de plus en plus alcoolisé. Chacune portait un nom spécifique :

1	*Café*	6	*Sur-goutte*
2	*Gloria*	7	*Rincette*
3	*Pousse-café*	8	*Re-rincette*
4	*Goutte*	9	*Sur-rincette*
5	*Regoutte*	10	*Coup de l'étrier*

COULEURS DE CAPE DE CIGARE

Les manufactures cubaines distinguaient jadis deux cents nuances de feuilles de tabac. La nomenclature actuelle compte encore soixante-douze termes, mais l'on peut la ramener pour simplifier à sept teintes de base – données ci-contre de la plus claire à la plus foncée :

clarissimo – vert
claro claro – blond
claro – brun pâle, café au lait
colorado claro – brun fauve
maduro colorado – brun foncé
maduro – brun très sombre, café
oscuro – brun presque noir

MACARONI

Les tubes de pâte connus sous le nom de macaronis (voir p. 96) ont vraisemblablement été introduits en Angleterre par une coterie de dandies copiant servilement le style et les manières continentales. Ces "jeunes gens qui ont beaucoup voyagé et qui portent cheveux longs et monocle" (Horace Walpole) avaient formé le "Macaroni Club" et donnaient d'extravagants dîners. En 1770, l'*Oxford Magazine* décrivait ainsi les impudents gandins :

> *Il est un genre d'animal, ni mâle ni femelle, plutôt du genre neutre, récemment apparu parmi nous. Cela s'appelle un* Macaroni, *et parle sans avoir rien à dire, sourit sans qu'il y ait rien de drôle, mange sans avoir faim, monte à cheval sans se fatiguer, et se débauche sans passion.*

ALCOOLÉMIE

L'alcoolémie est le taux d'alcool dans le sang exprimé en grammes par litres. En France, le taux maximal toléré au volant est de 0,5 g (0,8 g en Grande-Bretagne et en Suisse ; 0,5 g en Belgique et en Allemagne ; 0,2 g en Suède).

FAÇONS DE VIN

Dans son *Essai des merveilles de Nature, et des plus nobles artifices* (1627), le jésuite Étienne Binet dresse cet inventaire hétéroclite des "façons de vin" :

❦ Vin aigre pour éveiller & ouvrir l'appétit ❦ Vin dur & âpre pour étancher son altération, & piquer gracieusement la langue en passant ❦ Vin rebelle ou revêche, & qui donne en tête jetant de grosses fumées, & des nuées au cerveau ❦ Vin de garde pour l'arrière-saison ❦ Vin qui aussitôt fait, se veut boire, & toujours est en sa boîte ❦ Vin qui se passe, & s'enfuit ❦ Muscat qui est du musc liquide ❦ Hypocras, c'est-à-dire, Vin sucré & cannelé, miellé, myrrhé, qui sent le fenouil, le myrte ❦ le Nectar fait de moût & de miel ❦ [Vin] doux, piquant, rude, qui a sa sève (car chaque Vin a sa sève, & son goût à part), blanc, clairet, paillé, rouge, chargé de couleur, jaunâtre & à goutte d'or, d'Arbois, de couleur d'eau ❦ Vin fait sous le pied ou mère-goutte, c'est-à-dire, qui coule de soi & se fait du pur dégout des raisins non foulés, c'est la crème du Vin ❦ *Mera gutta* fait de marc, des premiers raisins foulés, sans fouler, qui est le vin forcé ou enragé ❦ Vin brûlé & ardent ❦ Vin bouilli, non bouilli, cuit, moisi, tourné, retourné, trépassé, ressuscité en le jetant sur la grappe ❦ Vin de dépense, des clercs, des valets ❦ Vinot et demi Vin, Vin de pressurage ❦ Vin bourru (c'est-à-dire, louche, & trouble, & obscur) ❦ [Vin] mixtionné, renouvelé, fleuri, de collines, qui est plein d'esprit et de vigueur, de plaine, qui est plus grossier ❦ Vin de grave et de sable, de pierres & de rochers, de treilles & d'arbres, choisi à la main et fait de raisins d'élite & d'achoison ❦ Malvoisie de Grèce, douce piquante ❦ Vin dit *Lacryma*, etc. ❦ Vin bien rassi, & reposé. ❦

LES "Mmm..." D'HOMER SIMPSON

Quelques-uns des trucs devant lesquels Homer bave en faisant "Mmm…" :

Mmm........................ donut
Mmm.................. bière [Duff]
Mmm...................... caramel
Mmm..................... chocolat
Mmm.............. amandes salées
Mmm......... couenne de cochon
Mmm.......... croûtons mouillés
Mmm .. poissons pas encore panés
Mmm............. des chamallows
Mmm... de la purée de petits pois
Mmm................. du museau
Mmm.... le sandwich club spécial
Mmm............... l'île Sandwich
Mmm........................ gratos
Mmm................ bretzel à 50 $
Mmm.......... fraîcheur bowling
Mmm........... fraîcheur urinoir
Mmm .. le nouveau Coca invisible
Mmm .... le Pays du Chocolat
Mmm.... du bacon en pleine nuit
Mmm... un maxi hot-dog au chili
Mmm....... une andouille vapeur
Mmm....................... hippopo
Mmm............ l'air conditionné
Mmm........... le crime organisé
Mmm........................... moi

MASTICATION MACABRE

Selon une superstition attestée en Europe centrale de la fin du Moyen Âge au XVIIIe siècle au moins, les morts fraîchement inhumés continueraient de mastiquer dans leurs tombeaux, dévorant tout ce qu'ils y trouvent – leur suaire et même certaines parties de leur cadavre : les villageois transylvains se plaignaient d'entendre des bruits de mâchonnement dans les cimetières.

MENU POUR TROIS EMPEREURS

Dîner servi le 7 juin 1867 au Café Anglais de Paris au tsar Alexandre II, empereur de Russie, au tsarévitch, futur Alexandre III, à Guillaume Ier, roi de Prusse, futur premier empereur allemand, et au prince de Bismarck :

Potages – Impératrice · Fontanges
Relevés – Soufflés à la Reine · Filets de sole à la vénitienne
Escalopes de turbot au gratin · Selle de mouton purée bretonne
Entrées – Poulets à la portugaise · Patés chauds de caille
Homard à la parisienne · Sorbets au vin de Champagne
Rôtis – Canetons à la rouennaise · Ortolans sur canapés
Entremets – Aubergines à l'espagnole
Asperges en branche · Cassolettes Princesse
Dessert – Bombe glacée

VINS – Madère retour des Indes 1810 · Xérès 1821
Château-Yquem 1847 · Chambertin 1846 · Château-Margaux 1847
Château-Latour 1847 · Château-Lafite 1848
Champagne Roederer frappé

LES EXPRESSIONS DE L'EAU

Il faut savoir *se jeter à l'eau* et veiller à *garder la tête hors de l'eau* si l'on n'est pas *comme un poisson dans l'eau*. Mieux vaut aussi être capable de *nager entre deux eaux*, et quelquefois même de *pêcher en eau trouble*… Quand *il y a de l'eau dans le gaz*, quand tout va *à vau-l'eau* ou s'en va *en eau de boudin*†, le plus sage est souvent de *mettre de l'eau dans son vin* ; pour éviter de tout voir *tomber à l'eau*, il faut *laisser de l'eau couler sous les ponts* et se garder de *jeter le bébé avec l'eau du bain*. Ce n'est peut-être qu'*une tempête dans un verre d'eau* : inutile alors de *suer sang et eau*, ce serait comme *donner un coup d'épée dans l'eau* ou *porter de l'eau à la rivière*. Et surtout, souvenez-vous qu'*il n'est pire eau que l'eau qui dort* !

† En réalité, il faut peut-être comprendre : *partir en os de boudin* ou *en aune de boudin*.

GASTROLÂTRES

Dans le *Quart Livre* de François Rabelais (1552), Pantagruel découvre au cours de son odyssée bouffonne le peuple des Gastrolâtres, adorateurs du Ventre qui ont fait de "Messire Gaster" leur "Dieu ventripotent" :

> *Les Gastrolâtres … se tenaient serrés par troupes & par bandes, joyeux, mignards, douillets aucuns, autres tristres, graves, sévères, rechignés, tous oisifs, rien ne faisant, point ne travaillant, poids & charge inutile de la terre …, craignant (selon qu'on pouvait juger) le Ventre offenser & emmaigrir. … Ils tous tenaient Gaster pour leur grand Dieu, l'adoraient comme Dieu, lui sacrifiaient comme à leur Dieu omnipotent, ne reconnaissaient autre Dieu que lui, le servaient, aimaient sur toutes choses, honoraient comme leur Dieu.*

BIÈRES TRAPPISTES

Seules peuvent revendiquer l'appellation "bière trappiste" les bières (généralement de haute fermentation) effectivement fabriquées au sein d'une abbaye trappiste, sous le contrôle des moines, et dont les bénéfices vont pour l'essentiel aux œuvres de l'abbaye. Il n'existe dans le monde que sept véritables bières trappistes, toutes belges sauf la dernière, néerlandaise :

ACHEL .. *blonde & brune pression* (5 %), *"triple" & brune en bouteilles* (8 %)
CHIMAY .... *dorée* (4,8 %), *ambrée* (7 %), *triple* (8 %), *brune* (9 %)
ORVAL .... *ambrée* (6,2 %)
ROCHEFORT ..... *rousse "6"* (7,5 %), *brune "8"* (9,2 %), *brune "10"* (11,3 %)
WESTMALLE .... *brune "double"* (7 %), *blonde "triple"* (9 %)
WESTVLETEREN .. *blonde "6"* (5,8 %), *ambrée "8"* (8 %), *brune "12"* (11 %)
"LA TRAPPE" .... *blonde* (6,5 %), *brune "double"* (6,5 %)
(KONINGSHOVEN) *brune "triple"* (8 %), *blonde "quadruple"* (10 %)

Les véritables bières trappistes sont identifiées par la mention "authentic trappist product" inscrite dans un hexagone.

LE TEMPÉRAMENT DES CUISINIERS

> Il faut aussi se souvenir qu'un homme au tempérament déréglé ne saurait passer maître dans l'art culinaire : le dérangement de ses sucs gastriques ruine l'exquise sensibilité qui devrait gouverner son palais, et le laisse avec le goût vicié et émoussé.
>
> — Charles Pierce, *The Household Manager,* 1863

LE RÉGIME BANTING

Dans sa *Lettre sur la corpulence* (1869), William Banting déclarait : "De tous les fléaux qui accablent l'humanité, je n'en connais ni n'en imagine aucun qui soit plus pénible que l'obésité". Ayant souffert lui-même d'obésité, il se flattait d'"aider tous ceux qui en seraient affligés comme je l'ai été ; étant convaincu que l'on peut remédier à cet embonpoint." Voici son régime :

"Au PETIT DÉJEUNER, je mange cinq ou six onces [140-170 g] de mouton, de rognons, de poisson grillé, de bacon ou de n'importe quelle viande froide, sauf le porc et le veau ; une grande tasse de thé ou de café (sans lait ni sucre), avec un petit biscuit ou une once [28 g] de pain grillé ; pour un total de six onces [170 g] de nourriture solide, et neuf [255 g] de liquide.

Au DÉJEUNER, cinq ou six onces [140-170 g] de n'importe quel poisson (sauf le saumon, les harengs ou les anguilles), n'importe quelle viande (sauf le porc ou le veau), n'importe quel légume (pommes de terre, betteraves, panais, navets et carottes exceptés), une once de pain sec, pudding aux fruits non sucré, n'importe quelle volaille ou gibier, et deux ou trois verres de bon vin rouge, xérès ou madère (champagne, porto et bière étant proscrits) ; total, dix à douze onces [285-340 g] solides, dix [285 g] liquides.

Pour le THÉ, deux ou trois onces de fruits cuits [57–85 g], une ou deux biscottes, et une tasse de thé sans lait ni sucre ; total, entre deux et quatre onces [57–115 g] solides, neuf [255 g] liquides.

Au DÎNER, trois ou quatre onces [85-115 g] de viande ou de poisson, comme au déjeuner, avec un verre ou deux de vin rouge ou de xérès, et de l'eau ; total, quatre onces [115 g] solides et sept [200 g] liquides.

Avant le COUCHER, si nécessaire, une timbale de grog (gin, whisky ou eau de vie, sans sucre) ou bien un verre ou deux de vin rouge ou de xérès."

Grâce à ce régime, William Banting prétendait avoir ramené son poids de 91 à 68 kg en un an. "Je suis fermement convaincu que des milliers de gens pourraient retirer le même bénéfice d'une discipline semblable à la mienne", écrivait-il.

Ce régime devint si populaire que son créateur, un modeste ébéniste, connut la célébrité : plusieurs termes forgés d'après son nom – *bantingism, banting, bantingize* – sont enregistrés dans l'*Oxford English Dictionary.*

LOIRS

Les Romains avaient un faible pour les loirs *(Myoxus glis)*, qu'ils engraissaient dans des cages spéciales *(gliraria)* avant de les farcir et de les rôtir.

LE RITUEL DE LA COUPE D'AMITIÉ

Une coupe d'amitié *(Loving Cup)* est un hanap, grand vase ornemental à deux anses comme ceux que l'on utilise à l'occasion d'une remise de prix : la tradition voulait qu'on la remplît de vin, d'ale, de champagne ou tout autre boisson alcoolisée, et qu'on la fît circuler pour y faire boire tous les convives présents. Différents rituels réglaient la façon dont la coupe devait passer de convive en convive ; on prétend qu'ils remontent à l'assassinat par traîtrise du roi Édouard le Martyr (*ca.* 963–978), poignardé à mort au château de Corfe alors qu'il buvait le coup de l'étrier. Pour prévenir un semblable attentat, les convives de part et d'autre du buveur doivent se lever pour lui servir de gardes en lui tournant le dos, comme le montre le schéma ci-dessous. Ici, B fait face à A ; C tient la coupe ; D fait face à E :

A	B	C	D	E	F
assis	<—	*buvant*	—>	*assis*	*assis*

Une fois que C a bu à la coupe, le rituel se déroule selon cette séquence :
B se tourne vers C ; C s'incline vers B, qui s'incline et s'assied.
D se tourne vers C ; C s'incline vers D, qui s'incline en retour.
D prend la coupe des mains de C.
C s'incline alors vers D, qui s'incline en retour.
C se retourne pour faire face à B.
D se tourne vers E qui se lève et s'incline vers D.
D s'incline à son tour vers E ; E se retourne pour faire face à F.
D se remet de face, boit à la coupe, et en essuie le rebord.
À la fin de cette séquence, la situation est la suivante :

A	B	C	D	E	F
assis	*assis*	<—	*buvant*	—>	*assis*

Cette procédure complexe est répétée jusqu'à ce que la coupe ait fait le tour de la table. Ceux qui, pour quelque raison que ce soit, ne souhaitent pas boire à la coupe doivent suivre la même procédure sans y porter les lèvres.

MENTIONS DIÉTÉTIQUES

"source de fibres" .... *contient ≥ 3 g de fibres par 100 g*
"riche en fibres" .... *contient ≥ 6 g de fibres par 100 g*
"light", "à teneur réduite" .... *voir plus bas* "allégé"
"0 % de MG" [matières grasses] .... *ne contient pas du tout de MG*
"sans sucre" .... *sans saccharose ajouté ; peut contenir d'autres édulcorants*
"allégé en MG" .... *contient ≥ 25 % de MG en moins que le produit normal*
"allégé en sucre" .. *contient ≥ 25 % de sucre en moins que le produit normal*

CUISINE & NONSENSE (I)

Recette des petits Pâtés Gosky

Prenez un cochon âgé de 3 ou 4 ans et attachez-le à un poteau par les pattes arrières. Placez à sa portée 5 livres de groseilles, 3 livres de sucre, 2 picotins de petits pois, 18 marrons rôtis, 1 chandelle et 6 boisseaux de navets. S'il mange de tout cela, renouvelez constamment sa provision. Procurez-vous ensuite de la crème, quelques tranches de chester, 4 mains de papier ministre ainsi qu'une boîte d'épingles noires. Malaxez le tout jusqu'à former une pâte, laquelle vous étalerez pour la mettre à sécher sur un grand drap propre en toile de lin bise imperméabilisée. Une fois la pâte parfaitement sèche – pas avant ! –, battez le cochon avec énergie et avec un gros manche à balai. S'il crie, battez-le davantage. Inspectez la pâte et battez le cochon alternativement pendant quelques jours, et assurez-vous qu'à la fin de cette période l'ensemble est sur le point de se transformer en *petits Pâtés Gosky.* Si ce n'est pas le cas, il y a peu de chance que ça arrive jamais ; on peut alors relâcher le cochon et considérer l'ensemble de la recette comme terminée.

— EDWARD LEAR, *The Nonsense Gazette* (août 1870)

RÂS EL-HÂNOUT

Le Râs el-Hânout ("le meilleur de la boutique") est un mélange d'épices marocain utilisé pour relever couscous, tajines et pastillas. Quoique chaque herboriste ait sa recette secrète, on cite souvent les 27 ingrédients suivants :

badiane	cumin	maniguette
belladone	curcuma	nigelle
bouton de rose	cypéracée	noix de muscade
cannelle	fenouil	piment de Jamaïque
cantharide	galanga	poivre de Cayenne
cardamome	gingembre	poivre des moines
clou de girofle	gomme arabique	poivre long
coriandre	lavande	racine d'iris
cubèbe	macis	samare de frêne

BARRIÈRE DE RÖSTI

Originaires de Zurich ou du pays bernois, les rösti (galettes de pommes de terre bouillies, rapées et rôties avec des oignons ou des lardons) marqueraient l'invisible frontière culturelle entre Suisse alémanique et romande : il est déjà significatif qu'on parle ici de "barrière" de rösti, là de "fossé" *(Röstigraben).*

L'ANTHROPOPHAGIE AU CINÉMA

Le Silence des agneaux (1991) · Soleil vert (1973) · Trouble Every Day (2001) Eating Raoul (1982) · Massacre à la tronçonneuse (1974) · Bad Taste (1988) La Montagne du dieu cannibale (1978) · L'Auberge de la terreur (1972) Urban Flesh (1999) · Le Cuisinier, le voleur, sa femme et son amant (1989) Les Mémés cannibales (1988) · Cannibal Holocaust (1979) · Hannibal (2001) Delicatessen (1991) · Lieutenant Pimple, King of Cannibal Islands (1914) Manhunter, le sixième sens (1986) · Weekend (1967) · Sweeney Todd (1939) The Rocky Horror Picture Show (1975) · Vorace (1999) · Les Survivants (1993) Y'a bon les blancs (1989) · Emmanuelle et les derniers cannibales (1977)

CITATIONS SUR LE PETIT DÉJEUNER

WINSTON CHURCHILL · Ma femme et moi avons essayé deux ou trois fois de prendre notre petit déjeuner ensemble durant ces quarante dernières années ; ce fut si désagréable que nous avons dû cesser aussitôt.

SOMERSET MAUGHAM · Pour bien manger en Angleterre, il faut prendre le petit déjeuner aux trois repas.

SAGESSE POPULAIRE · Riez avant le petit déjeuner, vous pleurerez avant le dîner.

OSCAR WILDE · Il n'y a que les gens ternes pour briller au petit déjeuner.

JOHN GUNTHER · Tout le bonheur dépend d'un petit déjeuner pris tout à loisir.

P.G. WODEHOUSE · Je n'ai pas eu le cœur de toucher à mon petit déjeuner. J'ai dit à Jeeves de le boire lui-même.

A.P. HERBERT · La période critique dans le mariage, c'est l'heure du petit déjeuner.

CHARLES WHEELER · *(à propos de l'espion George Blake)* Il souriait un peu trop. Il souriait même au petit déjeuner, vous voyez.

MARLENE DIETRICH · Quand une femme a pardonné à son homme, il ne faut pas qu'elle lui réchauffe ses griefs pour le petit déjeuner.

LEWIS CARROLL · Il m'est arrivé quelquefois de croire jusqu'à six choses impossibles avant le petit déjeuner.

ÉPIGRAMMES

Une *épigramme* est à l'origine un poème bref et piquant ; c'est sans doute par confusion avec *épigastre* (*i.e.* le haut de la poitrine) que le mot en est venu à désigner aussi une mince côtelette d'agneau parée et taillée en triangle.

RÉFLEXIONS DE SAMUEL JOHNSON SUR LA CUISINE & LA BOISSON

L'un des inconvénients du vin, c'est qu'il fait prendre les mots pour des pensées.

Il est des sots qui ne se soucient pas de ce qu'ils mangent, ou prétendent ne pas s'en soucier. Pour ma part, je m'occupe de mon ventre avec grand soin, car je crois que celui qui ne prend pas soin de son ventre n'aura soin d'à peu près rien d'autre.

C'était un assez bon repas, certes ; mais ce n'était pas un repas auquel convier quelqu'un.

Le Bordeaux est bon pour les jeunes gens, le porto pour les hommes faits ; mais celui qui aspire à devenir un héros, il doit boire du brandy. D'abord, le brandy est plus agréable au palais ; puis il produit plus vite les effets qu'on peut attendre de la boisson. Il est certes peu d'hommes capables de boire du brandy ; c'est une aptitude qu'on désire plus qu'on ne l'atteint.

Ce mouton rôti est aussi mauvais qu'il pouvait l'être : mal nourri, mal abattu, mal conservé, mal préparé.

Il n'est rien, en général, à quoi un homme songe avec plus de sérieux qu'à son dîner ; s'il ne veille pas à ce qu'il soit bien apprêté, on peut le soupçonner de négliger tout le reste.

Pour moi, je considère à présent le souper comme une barrière d'octroi par laquelle il faut bien passer pour aller se coucher.

Moi, Madame, qui fréquente quantité de bonnes tables, je suis bien meilleur juge en matière de cuisine que quiconque emploie une cuisinière passable, mais prend la plupart de ses repas chez lui : car son palais s'est peu à peu conformé au goût de sa cuisinière ; le mien, Madame, est plus éclectique et plus exquis.

La mélancolie doit être combattue par tous moyens, excepté la boisson.

Le concombre est un légume qu'il faut bien émincer, assaisonner avec du poivre et du vinaigre, puis jeter aussitôt, car il ne vaut rien du tout.

Il n'est guère aisé d'établir selon quels principes l'humanité a décidé de manger tels animaux et pas tels autres ; et comme le principe n'a rien d'évident, il n'a rien d'uniforme. Ce qui passe pour délicieux dans un pays paraît détestable et répugnant dans le pays voisin.

BOSWELL : Vous m'accorderez au moins, Monsieur, que le vin fait jaillir la vérité – *in vino veritas.*
JOHNSON : Ce serait bien inutile à un homme qui sait n'être pas un menteur lorsqu'il est sobre.

Je n'ai rien à redire à ce qu'un homme boive du vin, s'il peut le faire avec modération. Quant à moi, je suis porté à le faire avec excès ; aussi préféré-je désormais m'en abstenir. C'est à chacun de juger pour lui, selon les effets dont il a eu l'expérience.

DOSES DE SPAGHETTIS

Le diagramme ci-dessous indique la quantité approximative de spaghettis à faire cuire pour une, deux, trois ou quatre personnes. Placez tout simplement l'extrémité des spaghettis sur la page, jusqu'à couvrir le cercle approprié. Les doses sont calculées sur la base de 110 g par personne.

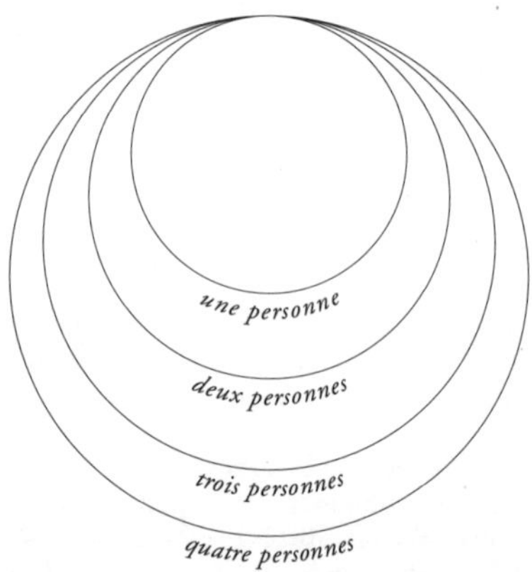

SAINTS-PATRONS CULINAIRES

Apiculteurs . . . . saint Ambroise	Épiciers . . . . saint Michel
Bouchers. . . . . saint Barthélemy	Moutardiers . . . . saint Amand
Boulangers. . . . . saint Honoré	Pêcheurs. . saint André, saint Pierre
Cuisiniers . . . . sainte Marthe	Rôtisseurs. . . . . saint Laurent
Dentistes. . . . . sainte Apolline	Viticulteurs . . . . saint Vincent

ALOUETTES

L'alouette, aussi appelée *mauviette*, est un petit passereau avec lequel on confectionne des pâtés. Grimod de la Reynière la présente dédaigneusement comme "un petit faisceau de cure-dents, plus propre à nettoyer la bouche qu'à la remplir". De fait, les alouettes sont si menues qu'elles étaient souvent vendues au poids plutôt qu'à la pièce. Le médecin d'Anne Stuart, le Dr. Martin Lister, déclarait qu'il ne fallait en manger que lorsqu'une douzaine pesait plus de 13 onces [365 g]. Une légende veut que Charles IX, rançonné dans la forêt d'Orléans, promit la vie sauve à ses ravisseurs s'ils lui disaient d'où venait le pâté d'alouettes qu'ils avaient partagé avec lui.

POIS & MESURES

En Inde, le système de mesures traditionnel semble avoir eu pour étalon un petit pois rouge marqué d'une tache noire *(Abrus precatorius).* Cette fève, appelée *rati, gunji* ou encore *krsnala,* pèse 109 mg. Elle s'inscrit dans une série d'unités plutôt intuitives, comme le montre le tableau suivant :

1 grain de poivre	1 graine de moutarde noire *[sic]*
3 graines de moutarde noire	1 graine de moutarde blanche
6 graines de moutarde blanche	1 grain d'orge moyen
3 grains d'orge	1 rati
8 grains d'orge	1 angula (largeur d'un doigt)
12 angulas	1 vitasti
2 vitastis	1 hasta
4 hastas	1 danda (bâton)
2 000 dandas	1 krosa (portée d'un cri)
4 krosas	1 yojana (étape de voyage)

LES CINQ SAVEURS

SALÉ · SUCRÉ · ACIDE · AMER · UMAMI †

† Récemment ajouté aux quatre saveurs de base, l'*umami* ("savoureux" en japonais) est lié aux condiments comme la sauce soja et aux aliments contenant du glutamate de sodium.

BOULIMIE & ANOREXIE

BULIMIA NERVOSA
Le (ou la) boulimique mange de grandes quantités de nourriture, de façon rapide & compulsive, puis se fait vomir pour éliminer les aliments ingérés en excès.

ANOREXIA NERVOSA
L'anorexique est persuadé(e) de souffrir d'un excès de poids, malgré l'évidence (parfois criante) du contraire ; en conséquence, il (ou elle) se prive de nourriture.

CHOCOLAT : NORMES EUROPÉENNES

Du "CHOCOLAT" doit contenir
≥ 35 % de composants secs de cacao
≥ 18 % de beurre de cacao & ≥ 14 % de composants dégraissés de cacao

Du "CHOCOLAT AU LAIT" doit contenir
≥ 25 % de composants secs de cacao, dont ≥ 2,5 % dégraissés
≥ 14 % d'extraits secs laitiers, dont ≥ 3,5 % de matière grasse laitière

QUAND BOIRE DU CHAMPAGNE

J'en bois lorsque je suis joyeuse, et lorsque je suis triste.
Parfois j'en prends quand je suis seule.
Quand j'ai de la compagnie, je le considère comme obligatoire.
Je m'amuse avec quand je n'ai pas d'appétit, et j'en bois lorsque j'ai faim.
Autrement, je n'en prends jamais – à moins que je n'aie soif.

— MADAME LILLY BOLLINGER

NOURRITURE SUR SCÈNE & À L'ÉCRAN

bébé (voir aussi p. 20) .... *Anéantis* · Sarah Kane
benco .... *Camping* · Fabien Onteniente
beurre .... *Le Dernier Tango à Paris* · Bernardo Bertolucci
bortsch .... *Le Cuirassé Potemkine* · Sergei Eisenstein
bûche glacée (en juin) .... *Cuisine et dépendances* · Jaoui & Bacri
cailles en sarcophage .... *Le Festin de Babette* · Gabriel Axel
canard à l'orange .... *Drôle de drame* · Marcel Carné
chocolat .... *Chocolat* · Lasse Hallström
chocolat fourré à la menthe .... *Le Sens de la vie* · Monty Python
doubitchous, kloug .... *Le Père Noël est une ordure* · Le Splendid
escargots .... *Pretty Woman* · Garry Marshall
fromage & crackers .... *Wallace & Gromit* · Nick Park
jambon .... *Jamon Jamon* · J.J. Bigas Luna
marée .... *Vatel* · Roland Joffé (voir p. 101)
moukraines à la glaviouse .... *Objectif Nul* · Les Nuls
nouilles .... *Tampopo* · Juzo Itami
oignons à la Dragomir .... *L'Hiver sous la table* · Roland Topor
poulets rôtis (quatre) .... *The Blues Brothers* · John Landis
Sachertorte .... *Bianca* · Nanni Moretti
sandwiches au concombre .... *L'Importance d'être Constant* · Oscar Wilde

57

Le nombre 57 est irrévocablement associé au géant du ketchup et des sauces Heinz, depuis qu'en 1892 le fondateur de la marque créa le slogan vantant ses "57 variétés". Dès cette époque, en réalité, la compagnie produisait déjà plus de 57 produits différents ; il semble que Henry J. Heinz (1844–1919) ait été inspiré par une publicité annonçant "21 styles de chaussures", et par une foi superstitieuse dans les nombres 5 et 7. Aujourd'hui encore, le courrier expédié au siège de Heinz à Pittsburgh transite par la boîte postale 57, et le numéro de téléphone de la marque se termine par 57 57.

LE PACTE DU GRANITA

Depuis l'accession de Tony Blair au poste de premier ministre en 1997, la politique britannique est hantée par une rumeur selon laquelle il aurait passé un pacte secret avec son rival Gordon Brown – Brown se retirant de la compétition pour le leadership du parti travailliste à condition que Blair, une fois au pouvoir, lui laisse la place à l'issue de son mandat. Blair a finalement accompli deux mandats et demi avant de s'effacer. On prétend que le pacte aurait été scellé le 31 mai 1994, au Granita, un restaurant italien situé à Islington, faubourg chic du nord de Londres. Le Granita n'a malheureusement pas conservé de trace du menu du jour, mais la notice consacrée à l'établissement dans l'édition 1994 du *London Restaurant Guide* de Fay Maschler peut donner une idée de leur repas :

> *Ce restaurant italien pur et dur est un* hit *depuis son ouverture à l'automne 1992. La carte est succincte, mais elle offre assez de choix. Pour donner une idée du style : mini pizza à la purée d'aubergines et de tomates séchées, poivron grillé accompagné de roquette avec une vinaigrette à l'origan et à l'ail, saumon bio grillé au feu de bois, côtelette d'agneau rôtie avec des flageolets, île flottante au coulis de fruits rouges...*

À supposer qu'ils aient pris une entrée, un plat et un dessert, et partagé une bouteille de vin, le dîner a dû coûter à chacun environ 22 £ ; mais on peut estimer qu'à long terme, il a coûté beaucoup plus cher à Gordon Brown.

POUDRE DE CURRY : COMPOSITION

ingrédient moulu	*proportion*
coriandre	10–50 %
cumin	5–20 %
curcuma	10–35 %
fenugrec	5–20 %
gingembre	5–20 %
céleri	0–15 %
poivre noir	0–10 %
cannelle	0–5 %
muscade	0–5 %
clou de girofle	0–5 %
carvi	0–5 %
fenouil	0–5 %
cardamome	0–5 %
sel	0–10 %

(Tainter & Grenis, *Spices & Seasonings*, 1993)

FÊTE DES VIGNERONS DE VEVEY

La grande Fête des Vignerons de Vevey (Suisse) est attestée depuis 1797. Organisée une fois par génération, sa périodicité a d'abord été variable (14 à 28 ans d'intervalle entre deux fêtes) ; depuis 1955, elle est fixée à 22 ans. Les dernières éditions ont eu lieu en 1905, 1927, 1955, 1977 & 1999.

DÎNER SEUL

Les dîners solitaires devraient être évités autant qu'il est possible : la solitude tend à stimuler la pensée, et la pensée à enrayer les facultés digestives. Quand malgré tout on ne peut éviter de dîner seul, il faut disposer son esprit à la gaieté en lui ménageant un intervalle de relaxation après les pensées sérieuses qui ont retenu son attention, et en l'appliquant à quelque objet agréable.

— THOMAS WALKER, *ca.* 1835

CAPACITÉ DES VERRES À BIÈRE EN AUSTRALIE

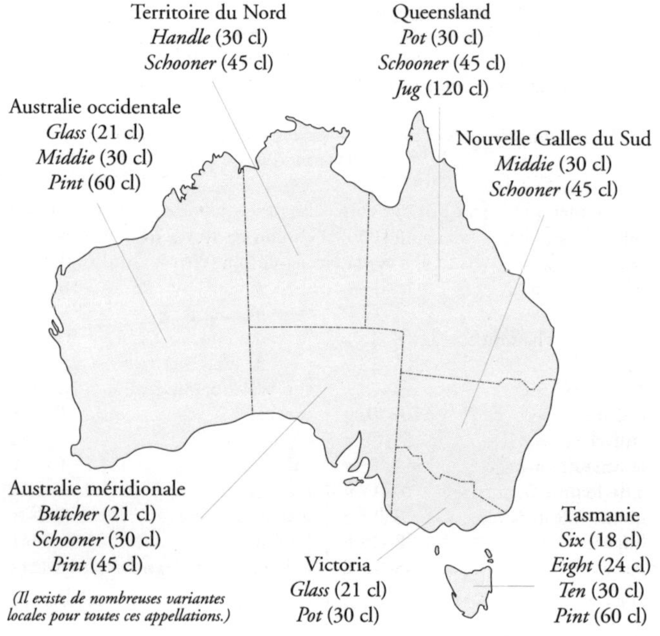

(Il existe de nombreuses variantes locales pour toutes ces appellations.)

GALIMAFRÉE

À la Renaissance, on appelait *galimafrée* un ragoût composé de restes de viandes. Montaigne qualifie ses *Essais* de "galimafrée de divers articles" [I, 46].

GAGES DES DOMESTIQUES

En 1825, Samuel & Sarah Adams publiaient *The Complete Servant [Le Parfait Domestique]*, manuel exhaustif des tâches et devoirs ancillaires destiné tant aux serviteurs qu'à leurs maîtres. Outre une mine d'informations pratiques ("raviver un vin éventé", "soulager une crise d'apoplexie", "nettoyer des chandeliers laqués" [voir p. 74]), on y trouvait une évaluation des gages du personnel. La domesticité nécessaire à une maison dépendait de la taille et du revenu du ménage. Les Adams avaient imaginé une échelle allant de la veuve disposant de 100 guinées de rentes annuelles – réduite à employer une unique servante – au gentleman avec une épouse, trois enfants et un revenu de 5000 £, dont le personnel pouvait compter 24 employés :

> *Une intendante, une cuisinière, une femme de chambre, une nurse, deux femmes de ménage, une lingère, une fille d'office, une fille de nursery, une fille de cuisine et une souillon, ainsi qu'un majordome, un valet de chambre, un intendant, un cocher, deux palefreniers et un aide-palefrenier, deux valets de pied, trois jardiniers & un homme de peine.*

Les gages annuels des serviteurs, en guinées ou en livres, se montaient à :

DOMESTIQUES FEMELLES		DOMESTIQUES MÂLES	
intendante	25–50 g	régisseur	100–250 £
fille d'office	8–12 g	garçon du régisseur	8–12 £
cuisinière	*variable*	majordome	50–80 £
fille de cuisine	12–14 g	sous-majordome	16–25 g
souillon	8–12 g	valet de chambre	30–60 £
femme de chambre	18–25 g	valet de pied	20–30 g
nurse	18–25 g	valet de pied de Madame	18–25 g
nurse adjointe	10–12 g	sous-valet de pied	16–20 g
fille de nursery	6–10 g	concierge	24–30 g
gouvernante	25–100 g	cocher	25–26 g
femme de ménage	12–16 g	second cocher	20–24 g
aide-femme de ménage	10–12 g	palefrenier	22–25 g
bonne à tout faire	8–12 g	garçon d'écurie	8–21 £
lingère	8–15 £	jardinier	50–100 £
laitière	8–12 £	aide-jardinier ... *par semaine*	16–20 s

(1 £ = 20 shillings ; 1 g = 21 shillings. — 1 £ de 1825 équivaut à peu près à 65 € d'aujourd'hui.)

Selon leur emploi et leur ancienneté, les gens de maison percevaient en outre diverses gratifications et avantages en nature. Une fille de nursery pouvait espérer un pourboire après un baptême, un majordome prétendre aux vieux vêtements de son maître, à ses bouts de chandelles et ses jeux de cartes usagés. Certains domestiques (palefrenier, valet de chambre, cocher, valet de pied, concierge) recevaient même leur uniforme gratuitement !

LES RÈGLES DU PLAISIR DE LA TABLE SELON BRILLAT-SAVARIN

Dans son traité *La Physiologie du goût* (1825), Jean-Anthelme Brillat-Savarin distingue le simple *plaisir de manger* du *plaisir de la table*, plaisir complexe, propre à l'espèce humaine, "qui naît de diverses circonstances de faits, de lieux, de choses et de personnes qui accompagnent le repas".

"Mais, dira peut-être le lecteur impatienté, comment doit donc être fait un repas, pour réunir toutes les conditions qui procurent, au suprême degré, le plaisir de la table ?

Que le nombre des convives n'excède pas 12, afin que la conversation puisse être constamment générale ;

Qu'ils soient tellement choisis, que leurs occupations soient variées, leurs goûts analogues, et avec de tels points de contact qu'on ne soit point obligé d'avoir recours à l'odieuse formalité des présentations ;

Que la salle à manger soit éclairée avec luxe, le couvert d'une propreté remarquable, et l'atmosphère à la température de 13 à 16° Réaumur [16–20°C] ;

Que les hommes soient spirituels sans prétention, et les femmes aimables sans être trop coquettes ;

Que les mets soient d'un choix exquis, mais en nombre resserré, et les vins de première qualité, chacun dans son degré ;

Que la progression, pour les premiers, soit des plus substantiels aux plus légers ; et pour les seconds, des plus lampants aux plus parfumés ;

Que le mouvement de consommation soit modéré, le dîner étant la dernière affaire de la journée ; et que les convives se tiennent comme des voyageurs qui doivent arriver ensemble au même but ;

Que le café soit brûlant, et les liqueurs spécialement du choix du maître ;

Que le salon qui doit recevoir les convives soit assez spacieux pour organiser une partie de jeu pour ceux qui ne peuvent pas s'en passer, et pour qu'il reste cependant assez d'espace pour les colloques post-méridiens ;

Que les convives soient retenus par les agréments de la société, et ranimés par l'espoir que la soirée ne se passera pas sans quelque jouissance ultérieure ;

Que le thé ne soit pas trop chargé ; que les rôties soient artistement beurrées, et le punch fait avec soin ;

Que la retraite ne commence pas avant onze heures ; mais qu'à minuit tout le monde soit couché.

Si quelqu'un a assisté à un repas réunissant toutes ces conditions, il peut se vanter d'avoir assisté à sa propre apothéose."

INDICE DE MASSE CORPORELLE

poids (kg) \ taille (m)	1,47	1,50	1,52	1,55	1,57	1,60	1,63	1,65	1,67	1,70	1,73	1,75	1,78	1,80	1,83	1,85	1,88	1,90
111	◎	◎	◎	◎	◎	◎	◎	◎	◎	◎	◎	◎	◎	◎	◎	◎	◎	◎
108	◎	◎	◎	◎	◎	◎	◎	◎	◎	◎	◎	◎	◎	◎	◎	◎	◎	◎
106	◎	◎	◎	◎	◎	◎	◎	◎	◎	◎	◎	◎	◎	◎	◎	◎	◎	⊙
104	◎	◎	◎	◎	◎	◎	◎	◎	◎	◎	◎	◎	◎	◎	◎	◎	⊙	⊙
102	◎	◎	◎	◎	◎	◎	◎	◎	◎	◎	◎	◎	◎	◎	◎	⊙	⊙	⊙
100	◎	◎	◎	◎	◎	◎	◎	◎	◎	◎	◎	◎	◎	◎	⊙	⊙	⊙	⊙
97	◎	◎	◎	◎	◎	◎	◎	◎	◎	◎	◎	◎	◎	◎	⊙	⊙	⊙	⊙
95	◎	◎	◎	◎	◎	◎	◎	◎	◎	◎	◎	◎	◎	⊙	⊙	⊙	⊙	⊙
93	◎	◎	◎	◎	◎	◎	◎	◎	◎	◎	◎	◎	⊙	⊙	⊙	⊙	⊙	⊙
91	◎	◎	◎	◎	◎	◎	◎	◎	◎	◎	◎	⊙	⊙	⊙	⊙	⊙	⊙	⊙
88	◎	◎	◎	◎	◎	◎	◎	◎	◎	◎	⊙	⊙	⊙	⊙	⊙	⊙	⊙	○
86	◎	◎	◎	◎	◎	◎	◎	◎	◎	⊙	⊙	⊙	⊙	⊙	⊙	⊙	○	○
84	◎	◎	◎	◎	◎	◎	◎	◎	⊙	⊙	⊙	⊙	⊙	⊙	⊙	○	○	○
82	◎	◎	◎	◎	◎	◎	◎	◎	⊙	⊙	⊙	⊙	⊙	⊙	○	○	○	○
79	◎	◎	◎	◎	◎	◎	◎	⊙	⊙	⊙	⊙	⊙	⊙	○	○	○	○	○
77	◎	◎	◎	◎	◎	◎	⊙	⊙	⊙	⊙	⊙	⊙	○	○	○	○	○	○
75	◎	◎	◎	◎	◎	⊙	⊙	⊙	⊙	⊙	⊙	○	○	○	○	○	○	○
73	◎	◎	◎	◎	⊙	⊙	⊙	⊙	⊙	⊙	○	○	○	○	○	○	○	○
70	◎	◎	◎	⊙	⊙	⊙	⊙	⊙	⊙	○	○	○	○	○	○	○	○	○
68	◎	◎	⊙	⊙	⊙	⊙	⊙	⊙	○	○	○	○	○	○	○	○	○	○
66	◎	⊙	⊙	⊙	⊙	⊙	○	○	○	○	○	○	○	○	○	○	○	⊕
63	⊙	⊙	⊙	⊙	⊙	○	○	○	○	○	○	○	○	○	○	⊕	⊕	⊕
61	⊙	⊙	⊙	⊙	○	○	○	○	○	○	○	○	○	○	⊕	⊕	⊕	⊕
59	⊙	⊙	⊙	○	○	○	○	○	○	○	○	○	○	⊕	⊕	⊕	⊕	⊕
57	⊙	⊙	○	○	○	○	○	○	○	○	○	○	⊕	⊕	⊕	⊕	⊕	⊕
54	⊙	○	○	○	○	○	○	○	○	○	⊕	⊕	⊕	⊕	⊕	⊕	⊕	⊕

L'Indice de Masse Corporelle mesure le rapport entre le poids et la taille : IMC = poids/taille². La table permet d'évaluer la corpulence d'un adulte par rapport au poids optimal : repérez la taille sur l'axe vertical, le poids sur l'axe horizontal, et croisez. ⊕ = maigreur (IMC<18,5) · ○ = poids de santé (IMC = 18,5–24,9) · ⊙ = surpoids (IMC = 25–29,9) · ◎ = obésité (IMC >30)

CUISINE SANSCRITE

La littérature sanscrite classique distingue huit techniques de cuisson :

thalanam .... sécher
kvathanam .... bouillir
pachanam .... cuire à l'eau
svedanam ou *svinnabhakshya* .... cuire à la vapeur
apakva .... frire
bharjanam .... rôtir à sec
thanduram .... griller
putapaka .... cuire au four

TREIZE À TABLE

La présence de treize convives autour d'une table est considérée comme un mauvais présage dans de nombreuses cultures. On peut y voir la simple conséquence de la supersition plus générale attachée au nombre treize ; il est cependant manifeste qu'un dîner de treize couverts suscite une appréhension particulière. En France, il arrivait qu'on loue les services d'un convive supplémentaire (le *quartorzième*) pour compléter la tablée. À l'Hôtel Savoy de Londres, lorsqu'un groupe de treize personnes se met à table, on place en compagnie des dîneurs un chat en bois baptisé Kaspar (sculpté en 1926 par Basil Ionides). D'évidence, l'origine de cette superstition est la Cène – le dernier repas du Christ entouré des douze apôtres. Dans la mythologie scandinave, treize était aussi considéré comme un nombre de malchance en souvenir du banquet du Walhalla où Baldur fut tué peu après l'intrusion de Loki, qui prenait rang de treizième convive.

"Treize à table n'est à craindre qu'autant
qu'il n'y aurait à manger que pour douze"
— GRIMOD DE LA REYNIÈRE

PIMMS

Le PIMMS est un tonique concocté en 1823 by James Pimm, qui le servait pour accompagner les huîtres au buffet de *The City of London*. Bien que la version classique PIMMS No.1 CUP, à base de gin, demeure la plus appréciée, les PIMMS CUP ont été déclinées depuis lors en six versions, qui se différencient par le spiritueux qui sert de base au breuvage :

No.1 .... gin
No.2 .... whisky
No.3 .... brandy
No.4 .... rhum
No.5 .. alcool de seigle
No.6 .... vodka

CHOISIR UN FROMAGE

Le Mesnagier de Paris, traité de morale et d'économie domestiques composé (*ca.* 1393) par un bourgeois parisien anonyme à l'intention de sa jeune épouse, énumère les six conditions "pour congnoistre bon frommage" :

1 .... Non mie blanc comme Hélaine 1
2 .... Non mie plourant comme Magdalaine 2
3 .... Non Argus, mais du tout aveugle 3
4. .... Et aussi pesant comme un bugle 4
5 .... Contre le poulce soit rebelle 5
6. .... Et qu'il ait tigneuse cotelle 6

Autrement dit : pas trop blanc (comme la belle Hélène), ni trop coulant (comme Marie-Madeleine en pleurs), ni plein d'yeux (comme Argus), de bon poids (comme un jeune bœuf), bien ferme sous le pouce, avec une croûte rugueuse (*litt.* "une surface teigneuse").

LE GARDE-MANGER DU CAPITAINE NEMO

Extrait de *20 000 lieues sous les mers* de Jules Verne, où Nemo répond aux questions du professeur Aronnax sur la nourriture à bord du *Nautilus* :

> *"Ce que vous croyez être de la viande, monsieur le professeur, n'est autre chose que du filet de tortue de mer. Voici également quelques foies de dauphin que vous prendriez pour un ragoût de porc. Mon cuisinier est un habile préparateur, qui excelle à conserver ces produits variés de l'océan. Goûtez à tous ces mets. Voici une conserve d'holothuries qu'un Malais déclarerait sans rivale au monde, voilà une crème dont le lait a été fourni par la mamelle des cétacés, et le sucre par les grands fucus de la mer du Nord, et enfin, permettez-moi de vous offrir des confitures d'anémones qui valent celles des fruits les plus savoureux."*
>
> *Et je goûtais, plutôt en curieux qu'en gourmet, tandis que le capitaine Nemo m'enchantait par ses invraisemblables récits.*

QUATRE- & CINQ-ÉPICES

QUATRE-ÉPICES	CINQ-ÉPICES
poivre moulu	badiane
muscade	clou de girofle
clou de girofle	fenouil
cannelle	cannelle
(ou parfois gingembre)	poivre du Sichuan

QUELQUES POMMES REMARQUABLES

❦ Les POMMES DE PYTAN étaient des pommes sauvages capables, selon les dires de Jean de Mandeville, de sustenter les pygmées de l'île de Pytan (ou Pyban) rien que par leur odeur. ❦ On trouve dans *Les Mille & Une Nuits* la POMME DU PRINCE AHMED, une pomme miraculeuse achetée à Samarcande possédant la vertu de guérir toutes les maladies. ❦ Les POMMES DE SODOME poussaient sur les bords de la mer Morte, à l'emplacement de la cité maudite ; elles se réduisaient en cendres lorsqu'on les croquait. ❦ Dans la mythologie scandinave, les POMMES D'OR D'IDUN (épouse de Bragi, dieu de la poésie) assuraient aux dieux une éternelle jeunesse. ❦ La POMME DE TURING fait référence au logicien Alan M. Turing (1912–1954), pionnier de l'intelligence artificielle, décoré de l'Ordre de l'Empire britannique pour ses recherches sur Enigma, le système de cryptage utilisé par les nazis. Dénoncé et poursuivi pour homosexualité, Turing se suicida en juin 1954 en croquant une pomme imbibée de cyanure. Le nom et le logo de la firme Apple auraient été choisis en hommage à Turing. ❦ Abusée par la méchante reine, BLANCHE-NEIGE croqua une pomme empoisonnée qui la plongea dans un sommeil de mort ; seul le baiser du Prince Charmant put l'en éveiller. ❦ ISAAC NEWTON aurait eu l'intuition de la loi de la gravitation universelle en observant la chute d'une pomme. Le pommier se trouvait dans le verger du manoir de Woolsthorpe, près de Grantham, et l'on prétend que la pomme en question appartenait à la variété piriforme connue sous le nom de *Beauté de Kent.* ❦ La POMME D'ADAM est la saillie formée dans le cou par le cartilage thyroïde du larynx. Elle doit son nom au quartier du fruit défendu resté en travers de la gorge d'Adam. ❦ LES HESPÉRIDES, filles d'Atlas, vivaient dans un jardin merveilleux situé aux confins de l'Occident ; assistées de Ladon, un dragon à cent têtes, elles veillaient là sur les pommes d'or offertes par Gaia à Héra. L'un des travaux imposés à Hercule consista à dérober ces pommes, qui furent ensuite rapportées dans le jardin des Hespérides par Athéna. ❦ Arbalétrier légendaire, GUILLAUME TELL (*ca.* 1250) était un patriote suisse qui défendait Bürglen contre l'oppression autrichienne. Selon la légende, le bailli autrichien Hermann Gessler aurait ordonné à Guillaume Tell de percer d'un carreau de son arbalète une pomme posée sur la tête de son jeune fils, à cent pas de distance. Guillaume Tell accomplit l'exploit, et un peu plus tard il se vengea en tuant Gessler. ❦ La POMME DE DISCORDE (portant l'inscription "À la plus belle") fut lancée par Éris, personnification de la Discorde, au milieu des dieux et des déesses rassemblés pour les noces de Thétis et Pélée. Héra (Junon), Athéna (Minerve) et Aphrodite (Vénus) prétendirent chacune que la pomme leur revenait, et l'on demanda au berger Pâris laquelle des trois en était digne (c'est le "Jugement de Pâris"). Pâris choisit d'attribuer la pomme à Aphrodite qui lui avait promis l'amour d'Hélène, la plus belle des mortelles ; s'ensuivit la guerre de Troie. ❦

ÉTIQUETAGE DES ŒUFS

Un règlement européen entré en vigueur le 1er janvier 2004 spécifie l'ensemble des mentions qui doivent figurer sur les emballages d'œufs :

CATÉGORIE

[A] .... œufs frais	[B] ..... œufs destinés à l'industrie

MODE D'ÉLEVAGE DES POULES

[0] ... poules d'élevage biologique	[2] .... poules élevées au sol
[1] ...... poules élevées en plein air	[3] .... poules élevées en cage

CALIBRE

XL : très gros .... > 73 g	M : moyen .... 53–63 g
L : gros .... 63–73 g	S : petit .... < 53 g

DATE LIMITE DE CONSOMMATION

"*à consommer de préférence avant le...*" (28e jour après la date de ponte)
& éventuellement "*extra jusqu'au...*" (9e jour après la date de ponte)

La réglementation oblige en outre les producteurs dont l'élevage compte plus de 50 poules à imprimer sur la coquille même des œufs un code de 8 caractères : 1 chiffre indiquant le mode d'élevage, les 2 lettres du code ISO du pays d'origine, et 5 caractères identifiant le site et le bâtiment d'élevage.

SOCIABILITÉ GOURMANDE

Selon l'inventeur de la critique et de la littérature gastronomique, le spirituel Alexandre-Laurent-Balthazar Grimod de la Reynière (1690–1756) :

> *Il n'est plus permis de se bouder lorsqu'on a dîné ensemble ; et la bonne harmonie, suite nécessaire d'un excellent festin, doit, entre honnêtes gens, durer au moins six mois. Il en est de même de la reconnaissance pour celui qui l'a donné : on doit s'interdire toute espèce de médisance sur son compte, pendant la même période. Cette retenue est même chez tous les Gourmands un devoir, d'autant plus sacré qu'il repose également sur la gratitude et sur l'espoir.*

A.A.A.A.A.

Créée dans les années 1960 par Francis Amunategui, l'Association Amicale des Amateurs d'Authentiques Andouillettes distingue les andouillettes à l'ancienne, exclusivement à base d'intestins de porc et tirées à la ficelle.

COCKTAIL "PETIT GRÉGORY"

Inspirée d'un fait divers célèbre, la macabre recette du cocktail "Petit Grégory" est détaillée par Ben le tueur, le héros du film de Rémy Belvaux, André Bonzel et Benoît Poelvoorde *C'est arrivé près de chez vous* (1992) :

une larme de gin · une rivière de tonic · "la petite victime" : une petite olive attachée par un petit bout de ficelle à un petit morceau de sucre

Chaque buveur immerge en même temps son "petit Grégory" dans le gin-tonic ; le premier dont l'olive remonte à la surface paie la tournée.

D.L.C. & D.L.U.O.

DATE LIMITE DE CONSOMMATION *"À consommer jusqu'au…"*	DATE LIMITE D'UTILISATION OPTIMALE *"À consommer de préférence avant…"*
La D.L.C. est impérative ; au delà, la consommation de l'aliment présente un risque pour la santé.	Au delà de cette date, les qualités nutritives et gustatives diminuent, sans risque immédiat pour la santé.

EFFETS DU VIN

Une série de proverbes recueillis dans les *Curiosités françaises* d'Antoine Oudin (1640) classe les vins en fonction de l'effet qu'ils produisent :

Vin d'âne .... *qui rend la personne assoupie après avoir trop bu*
Vin de cerf................ *qui fait pleurer*
Vin de lion .... *qui rend furieux & querelleur*
Vin de pie .... *qui fait cajoler*
Vin de renard................ *qui rend subtil & malicieux*
Vin de singe .... *qui fait sauter & rire*
Vin de porc................ *qui fait rendre gorge*

Cette ménagerie de l'ivresse dérive peut-être d'une parabole talmudique. Lorsqu'après le Déluge Noé planta la vigne, Satan, qui l'épiait, vint lui apporter son aide. Il sacrifia successivement une brebis, un lion, un singe et un porc, et arrosa le cep de leur sang. Satan signifiait ainsi qu'en buvant un verre de vin, l'homme deviendrait doux comme une brebis ; en en buvant deux il deviendrait pareil à un lion, plein d'arrogance ; avec trois verres il ressemblerait à un singe, exubérant et débauché ; et complètement ivre l'homme serait semblable à un porc, vautré dans son abjection.

ESCLAVES À UN BANQUET ROMAIN

Dans son ouvrage *Pantropheon* (1853), Alexis Soyer inventorie les esclaves présents lors d'un banquet romain. À chacun revenait une tâche précise :

dispensator........... supervisait les autres esclaves et distribuait les tâches
ostiarius..................... huissier qui surveillait les entrées et les sorties
atriensis..... intendant de l'atrium, qui veillait sur les armes, trophées, etc.
obsonator................... achetait viandes, fruits et friandises au marché
vocatores... portaient les invitations, accueillaient et plaçaient les convives
cubicularii.................................. disposaient les tables et les lits
dapiferi........................ apportaient les plats dans la salle à manger
nomenculatores........ annonçaient aux convives la nature de chaque plat
structor..................... disposait le plats en arrangements symétriques
praegustator..... goûteur-en-chef, qui prenait une bouchée de chaque plat
triclinarche......... maître d'hôtel qui veillait à la bonne marche du repas
procillatores..... jeunes esclaves chargés de satisfaire les besoins de chacun
sandaligeruli.... ôtaient, portaient et rajustaient les sandales des convives
adversitores............ reconduisaient aux flambeaux les invités chez eux

S'y ajoutaient les esclaves préposés aux divertissements et quantité d'esclaves subalternes : les *flabellarii* qui éventaient les convives avec des plumes de paons ; les *focarii* qui veillaient sur les feux ; les *scoparii* qui balayaient les appartements ; et les *peniculi* qui débarrassaient les tables du banquet.

NIVEAU DE BORDEAUX

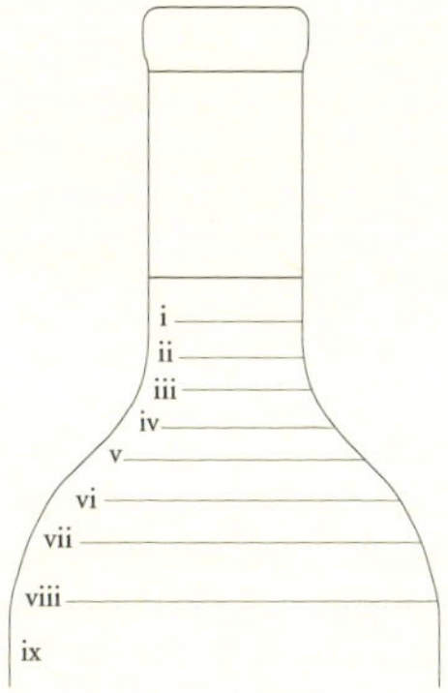

Dans les ventes de grands crus et vieux millésimes de vin de Bordeaux, on emploie une nomenclature très précise pour décrire le niveau du vin dans la bouteille :

i .... haut-goulot
ii................................. mi-goulot
iii....................... très légèrement bas
iv........................... légèrement bas
v.............................. haute-épaule
vi .... mi-épaule
vii............................ basse-épaule
viii...................... très basse-épaule
ix.................................... vidange

Pour les autres crus, on mesure le niveau en cm au-dessous de la capsule.

NOMENCLATURE DES BOUTEILLES

Dénomination	*Champagne*	*Bordeaux*	*Bourgogne*
Picolo	¼	—	—
Chopine	—	⅓	—
Fillette / Demi	½	½	½
Magnum	2	2	2
Marie-Jeanne	—	3	—
Double Magnum	—	4	—
Jéroboam	4	6	4
Réhoboam	6	—	6
Mathusalem	8	—	8
Salmanesar	12	—	12
Balthazar	16	16	16
Nabuchodonosor	20	20	20
Melchior	24	24	24

JÉROBOAM

Jéroboam Ier (*ca.* 922–901 av. notre ère) fonda le royaume du Nord d'Israël après avoir été au service du roi Salomon. À la mort de celui-ci, il s'opposa à son héritier légitime, son fils Roboam, en dressant contre lui les tribus du Nord. Afin de détourner les pèlerins du temple de Jérusalem, il créa deux nouveaux sanctuaires à Béthel et Dan.

RÉHOBOAM

Roboam Ier, fils du roi Solomon. La dureté de son règne (*ca.* 922–915 av. notre ère) entraîna le schisme du royaume d'Israël : Jéroboam Ier fit sécession pour fonder le royaume du Nord, Roboam continua de régner sur Juda.

MATHUSALEM

Le grand-père de Noé, qui vécut jusqu'à l'âge vénérable de 969 ans.

SALMANESAR

Sans doute Salmanasar III, roi d'Assyrie (*ca.* 859–824 av. notre ère), qui s'appliqua à étendre l'influence assyrienne en Chaldée.

BALTHAZAR

L'un des trois rois mages ; il apporta à l'enfant Jésus la myrrhe, symbole de mortalité.

NABUCHODONOSOR

Nabuchodonosor II (630 ?–562 av. notre ère), roi de Babylone où il fit aménager les fameux jardins suspendus. Son règne marqua l'apogée de l'empire babylonien. Devenu fou, il fut réduit à manger de l'herbe comme un animal.

MELCHIOR

Un autre des rois mages, qui apporta à l'enfant Jésus l'encens, symbole de la divinité.

Les capacités sont exprimées en nombre de bouteilles ordinaires (75 cl). En général, le vieillissement du vin se fait dans des bouteilles ne dépassant pas le Magnum.

LABELS & CERTIFICATIONS

A.O.C. / A.O.P.	I.G.P. / S.T.G.	A.B.	LABEL ROUGE
appellation d'origine contrôlée ou protégée	*indication géographique protégée & spécialité traditionnelle garantie*	*agriculture biologique*	
produit dont la production et l'élaboration doivent avoir lieu dans une aire géographique précise, selon un savoir-faire reconnu	produit tirant en partie sa spécificité de son origine géographique ou d'un mode de production particulier	aliment produit sans utilisation de pesticides & sans additifs chimiques de synthèse, ou contenant ≥95 % d'ingrédients issus de ce mode de production biologique	produit de qualité supérieure à un produit courant par certaines caractéristiques bien définies, et dont les conditions de production répondent à un cahier des charges très strict

L'ŒUF PHILOSOPHIQUE ET AUTRES PROTECTIONS CONTRE LE POISON

L'Œuf philosophique est une panacée, un préservatif contre la peste et un contrepoison que l'on réalise en perçant la coquille d'un œuf, en en aspirant le contenu puis en le remplissant de safran ou de safran mélangé avec le jaune. (Dans un contexte différent, l'Œuf philosophique est une cornue alchimique indispensable à la réalisation du Grand Œuvre.) On prête à d'autres objets légendaires la vertu de protéger contre le poison :

l'anneau d'Aladin .... *qui protège contre tout péril*
les opales .... *qui pâlissent en présence de poison*
la Porte de Gondophore .... *que nul ne peut passer s'il porte du poison*
les cornes de rhinocéros .... *où tout poison versé entre en effervescence*
le bracelet de Nourgehan .... *dont les pierres frémissent près de poison*
les verres en cristal de Venise .... *qui se fendent si l'on y verse du poison*
les cornes de licorne .... *qui font se faner les plantes vénéneuses*

[Voir Mithridatisation, p. 50 ; Nourritures fatales, p. 72 ; Bézoards, p. 116 ; Fugu, p. 138.]

SPAM

Spam (contraction de *Spiced Ham*, jambon épicé) est une marque de pâté en conserve déposée en 1937. Les Monty Python en ont parodié la publicité indigeste dans un sketch où le menu d'un restaurant, puis les propos qui s'y échangent, se réduisent peu à peu au seul mot *spam* – d'où le choix du terme pour désigner les courriers électroniques envahissants (ou *pourriels*).

ABOMINATIONS ALIMENTAIRES

Lois alimentaires & règles de pureté édictées au chapitre 11 du *Lévitique* :

1 L'Éternel parla à Moïse et à Aaron, et leur dit :
2 Parlez aux enfants d'Israël, et dites : Voici les animaux dont vous mangerez parmi toutes les bêtes qui sont sur la terre.
3 Vous mangerez de tout animal qui a la corne fendue, le pied fourchu, et qui rumine.
4 Mais vous ne mangerez pas de ceux qui ruminent seulement, ou qui ont la corne fendue seulement. Ainsi, vous ne mangerez pas le chameau, qui rumine, mais qui n'a pas la corne fendue : vous le regarderez comme impur…
6 Vous ne mangerez pas le lièvre, qui rumine, mais qui n'a pas la corne fendue : vous le regarderez comme impur.
7 Vous ne mangerez pas le porc, qui a la corne fendu et le pied fourchu, mais qui ne rumine pas : vous le regarderez comme impur.
8 Vous ne mangerez pas de leur chair, et vous ne toucherez pas leurs corps morts : vous les regarderez comme impurs.
9 Voici les animaux dont vous mangerez parmi tous ceux qui sont dans les eaux. Vous mangerez de tous ceux qui ont des nageoires et des écailles, et qui sont soit dans les mers, soit dans les rivières.
10 Mais vous aurez en abomination tous ceux qui n'ont pas des nageoires et des écailles, parmi tout ce qui se meut dans les eaux et tout ce qui est vivant dans les eaux, soit dans les mers, soit dans les rivières.
11 Vous les aurez en abomination, vous ne mangerez pas de leur chair, et vous aurez en abomination leurs corps morts.
12 Vous en aurez en abomination tous ceux qui, dans les eaux, n'ont pas des nageoires et des écailles.
13 Voici, parmi les oiseaux, ceux que vous aurez en abomination, et dont on ne mangera pas : l'aigle, l'orfraie et l'aigle de mer,
14 le milan, l'autour et ce qui est de son espèce,
15 le corbeau et toutes ses espèces,
16 l'autruche, le hibou, la mouette, l'épervier et ce qui est de son espèce,
17 le chat-huant, le plongeon et la chouette,
18 le cygne, le pélican, le cormoran,
19 la cigogne, le héron et ce qui est de son espèce, la huppe et la chauve-souris.
20 Vous aurez en abomination tout reptile qui vole et qui marche sur quatre pieds.
21 Mais, parmi tous les reptiles qui volent et qui marchent sur quatre pieds, vous mangerez ceux qui ont des jambes au-dessus de leurs pieds, pour sauter sur la terre.
22 Voici ceux que vous mangerez : la sauterelle, le criquet, le grillon, le locuste, selon leurs espèces.
23 Vous aurez en abomination tous les autres reptiles qui volent et ont quatre pieds…
29 Voici, parmi les animaux qui rampent sur la terre, ceux que vous regarderez comme impurs : la taupe, la souris, et le lézard, selon leurs espèces,

ABOMINATIONS ALIMENTAIRES

30 le hérisson, la grenouille, la
tortue, le limaçon et le caméléon…
41 Vous aurez en abomination
tout reptile qui rampe sur la terre :
on n'en mangera point.
42 Vous ne mangerez point, parmi tous les reptiles qui rampent
sur la terre, de tous ceux qui se
traînent sur le ventre, ni de tous
ceux qui marchent sur quatre pieds
ou sur un grand nombre de pieds ;
car vous les aurez en abomination.
43 Ne rendez point vos personnes
abominables par tous ces reptiles
qui rampent ; ne vous rendez
point impurs par eux, ne vous
souillez point par eux.
44 Car je suis l'Éternel, votre Dieu ;
vous vous sanctifierez, et vous serez
saints, car je suis saint ; et vous
ne vous rendrez point impurs par
tous ces reptiles qui rampent sur
la terre.
45 Car je suis l'Éternel, qui vous ai
fait monter du pays d'Égypte, pour
être votre Dieu, et pour que vous
soyez saints ; car je suis saint.
46 Telle est la loi touchant les
animaux, les oiseaux, tous les êtres
vivants qui se meuvent dans les
eaux, et tous les êtres qui rampent
sur la terre,
47 afin que vous distinguiez ce qui
est impur et ce qui est pur, l'animal
qui se mange et l'animal qui ne se
mange pas.

L'ARGOT DE L'IVRESSE

Bourré · torché · beurré comme un petit LU · pompette · murgé · muflé · paf plein comme une barrique · gelé · givré · bu · cassé · rétamé · déchiré · noir gai · raide · dans le coma · parti · schlass · chasselas · rond comme une bille pété comme un coing · culbuté · blindé · hourdé · saoul comme un Polonais pochtronné · rond comme une queue de pelle · plein comme un vache · farci cuit · cuité · pété · pinté · mûr · muraille · poivre · abreuvé · brindezingue dans les brouillards · fadé · chargé · complet · raide comme la Justice · imbibé plein comme la bourrique à Robespierre · en poivrade · en casquette · pavois asphyxié · fatigué · fusillé · pistaché · chicoré · bituré · bitumé · épongé · H.S. démâté · démoli · incendié · caillé · camphré · attendri · embarbé · arrangé ému · éteint · atteint de la fièvre de Bercy† *· rouillé · sévère · bourrache · nase raide comme l'obélisque · gris · plus au clair · saoul comme un mardi-gras murdingué · machuré · plein jusqu'à la bonde · sous la table · dans le cirage dans les vapes · au pays noir · il a la dalle en pente · il a soufflé dans l'encrier il a chargé la mule · il a la tombette · il tient son plumet · il bat les murailles il a du vent dans les voiles · il tient une brouette · il a pris son lit en marche il a un sacré coup dans le porte-pipe · il a les dents du fond qui baignent il a des chaussures à bascules · il travaille dans une fabrique de buvards*

† À Paris, les vins de consommation courante transitaient autrefois par les entrepôts de Bercy ; dans l'argot de la police, un *bercy* était un ivrogne ramassé sur la voie publique. C'était naturellement avant l'installation à Bercy du ministère de l'Économie et des Finances.

GASTRONOMIE MILITAIRE

La RCRI, ration de combat réchauffable individuelle ou "rasquette" dans l'argot militaire, couvre les besoins alimentaires journaliers d'un combattant (3 200 kcal ou 13 880 kJ). Étanche, d'un poids total de 1,5 kg, elle contient :

kit de réchauffage : réchaud, pince, 6 pastilles combustibles, allumettes tablette de 6 comprimés de purification d'eau · paquet de 10 mouchoirs kit petit déjeuner : 3 doses de café soluble, 1 dose de cacao lacté soluble, 1 dose de lait en poudre, 2 doses de sucre en poudre · 1 barre de chocolat 2 barres énergétiques (nougat, pâte d'amande) · 4 caramels · 1 paquet de chewing-gums · 1 paquet de 16 biscuits de campagne · 1 sachet de soupe · 1 hors-d'œuvre · 2 plats cuisinés réchauffables · dessert ou fromage avec 4 bonbons · 4 sucres · sachets de sel & de poivre

Dans un souci de variété gastronomique, le hors-d'œuvre et les plats cuisinés (conditionnés en barquettes de 285 g) sont déclinés en 14 menus :

MENU N°1
volaille en gelée · bœuf en salade · thon pommes de terre

MENU N°2
rillettes de saumon · saumon, riz, légumes · hachis Parmentier

MENU N°3
rillettes de maquereau · bœuf légumes · blanquette de veau

MENU N°4
pâté de foie de volaille · sauté de lapin · chili con carne

MENU N°5
thon en sauce
paella · veau Marengo

MENU N°6
terrine de poisson blanc · agneau aux flageolets · volaille aux légumes

MENU N°7
maquereau en sauce
navarin d'agneau · lasagnes

MENU N°8
mousse de canard · thon en salade · porc aux lentilles

MENU N°9
pâté de foie pur porc
cassoulet supérieur · cannelloni

MENU N°10
rillettes pur porc · porc aux légumes · bœuf carottes

MENU N°11
terrine forestière · porc pommes de terre · bœuf bourguignon

MENU N°12
pâté de jambon pur porc · porc en salade · risotto fruits de mer

MENU N°13
pâté de campagne · volaille à la parisienne · porc aigre-doux

MENU N°14
rillettes de thon
saucisses lentilles · coq au vin

ASPERGES & URINES

L'asperge *(Asparagus officinalis)* est une plante vivace de la famille des liliacées dont les pousses, ou *turions*, sont appréciées au moins depuis l'Antiquité grecque. Son nom remonte probablement, via le latin et le grec, au mot perse qui désigne une pousse, *asparag*. Les Grecs se contentaient de manger des asperges sauvages, mais les Romains se prirent d'une telle passion pour ce légume qu'ils mirent au point des techniques pour le cultiver. Ces techniques se diffusèrent à travers le Moyen-Orient et l'Europe, firent leur apparition en Angleterre au milieu du XVIe siècle et furent adoptées en France sous le règne de Louis XIV. Amateur de mets délicats, le Roi-Soleil appréciait tant les asperges qu'il engagea Jean de la Quintinie, directeur des jardins fruitiers & potagers des maisons royales, à lui en procurer toute l'année : celui-ci mit au point une technique de culture sous abri en couche chaude permettant au roi d'en déguster en toute saison. On ne sait trop quand fut établi pour la première fois le lien entre la consommation d'asperges et l'odeur de chou qui se dégage des urines. John Arbuthnot, médecin de la reine Anne et ami de Swift, a noté le phénomène en 1731 ; mais au XIXe siècle il se trouve encore des auteurs pour prétendre, comme un certain Stanislas Martin, que l'odeur asparagineuse des urines trahirait une liaison adultère. La cause de cette odeur divise la communauté scientifique. Elle n'affecte pas les urines de tout le monde : seules 40 à 70 % des personnes testées après avoir mangé des asperges auraient des urines parfumées. Pour compliquer encore la question, tout le monde n'est pas capable de détecter l'odeur des urines asparagineuses. Il existe donc quatre groupes, selon qu'on produit ou non cette odeur, et selon qu'on peut la déceler ou pas. L'origine chimique de l'émanation méphitique est elle-même incertaine : diverses substances sont montrées du doigt, entre autres le diméthyl sulfone ou sulfure de diméthyle, le méthanethiol ou méthylmercaptan, etc. Les recherches se poursuivent sur cette question vitale.

CAPACITÉ DE QUELQUES TONNEAUX

De nos jours, le vin est fermenté, élevé et conservé dans des cuves qui sont parfois en béton, en inox ou en polyester. Traditionnellement, on employait des fûts de bois, dont la capacité et le nom variaient d'une région à l'autre :

Nom	*litres*
Barrique bordelaise (Bordeaux)	225
Tonneau (Bordeaux)	900
Pièce (Bourgogne)	228
Feuillette (Chablis)	132
Barrique de Cognac	350
Barrique de Champagne	205
Demi-muid (Châteauneuf-du-Pape)	600
Fuder (Moselle)	1 000
Stück (Rhin)	1 200
Halbstück (Rhin)	600
Caratelli (Vin Santo, Italie)	variable
Quartaut	57
Gönci (Tokay, Hongrie)	136

CORPSE REVIVER DU CAPTAIN CAP

Dans la dernière section de l'ouvrage d'Alphonse Allais *Le Captain Cap : ses aventures, ses idées, ses breuvages* (1902) figure la recette de ce cocktail capable, à en croire son nom, de ressusciter un mort – ou peut-être l'inverse :

> *CORPSE REVIVER · Cette consommation, d'une si originale fantaisie, est assez difficile à préparer, les produits qui la composent étant eux-mêmes de densités fantaisistes. Il s'agit de verser avec une petite cuiller, avec infiniment de précaution pour ne pas les mélanger, les 12 liqueurs suivantes : grenadine, framboise, anisette, fraise, menthe blanche, chartreuse verte, cherry-brandy, prunelle, kummel, guignolet, kirsch et cognac. On avale d'un seul coup.*

SYMBOLIQUE DU GÂTEAU DE MARIAGE

Quantité de croyances populaires sont attachées au gâteau de mariage. La tradition veut que les jeunes mariés coupent la première part en tenant ensemble le couteau (il est paradoxal que l'acte de couper soit le signe de leur union) ; par sa blancheur, le glaçage au sucre est symbole de pureté et de virginité ; de petits morceaux envoyés aux amis absents les associent à la fête ; on met parfois de côté le dernier étage du gâteau pour un futur baptême ; certains attribuent à chaque étage une valeur particulière (compatibilité, loyauté, fécondité, etc.) ; il est même des superstitieux pour prétendre qu'une femme célibataire qui met une tranche de gâteau de mariage sous son oreiller verra en rêve son futur époux.

BOXTY

Le boxty (*bacstaí* en gaélique) est une galette irlandaise à base de farine, de purée et de pomme de terre crue que l'on prépare traditionnellement pour la veillée du Nouvel An et pour Halloween. Elle a inspiré cette comptine :

Boxty on the griddle, boxty in the pan,
If you can't make boxty, you'll never get a man !

Boxty dans la poêle, boxty qui frit,
Si tu ne sais pas faire le boxty,
Jamais tu n'auras un mari !

QUELQUES VALEURS CALORIQUES

La calorie est une unité d'énergie correspondant à la quantité de chaleur requise pour élever de 1°C la température de 1 g d'eau. Pour mesurer la valeur calorique d'un aliment, l'unité utilisée est plutôt la kilocalorie : 1000 calories, soit l'énergie requise pour élever de 1°C la température de 1 kg d'eau (environ 4,2 kJ). Voici la valeur calorique approximative, en kcal, d'une sélection d'aliments – pour des portions de 100 g ou 100 ml. Les adeptes du décompte calorique doivent cependant prendre garde au fait qu'il existe souvent des variations considérables d'une source à l'autre :

Aliment	kcal
agneau	140
asperges	26
avocat	190
bacon (frit)	450
bananes	95
beurre	740
bière	46
biscuits secs	410
bœuf	210
boudin (frit)	300
cabillaud	80
cacahuètes	560
camembert	300
céleri	7
cerises	48
cervelas	260
champagne	91
chips	550
chocolat (noir)	525
choucroute (sans garniture)	22
cola	39
cola light	0,25
confiture	290
corn flakes	360
crème fraîche	400
dinde	150
frites	305
gruyère	391
haricots blancs	75
haricots verts	35
homard (vapeur)	120
huile	890
jambon	172
ketchup	100
lait frais entier	66
laitue	12
lapin	90
mayonnaise	700
melon	31
meringue	380
miel	290
moules	80
noisettes	650
noix	690
œuf (à la coque)	147
œuf (frit)	180
oranges	37
pain blanc	245
panse de brebis farcie	310
petits pois	98
pommes	47
pommes de terre (sautées)	150
porc	160
poulet rôti	150
raisins	60
raisins secs	270
riz blanc	140
roquefort	360
saindoux	890
sardines (à l'huile)	185
sauce soja	70
saumon fumé	140
saucisse de porc	320
sole	82
spaghettis	149
veau	186
vin	65
yaourt	80

ÉPONYMES ÉPICURIENS

FRANGIPANE · *crème pâtissière à base d'amandes pilées* · peut-être créée au XVIe siècle par le marquis Muzio Frangipani, aussi inventeur d'un parfum pour les gants.

SANDWICH · *tranches de pain renfermant diverses garnitures* · forme très ancienne de casse-croûte, associée à la fin du XVIIIe siècle à John Montagu, IVe comte de Sandwich (1718–1792), qui en commandait à son cuisinier pour se restaurer sans quitter la table de jeu.

CHARLOTTE · *entremets à base de fruits chemisé de biscuits à la cuillère* · créé par Antonin Carême et (peut-être) nommé ainsi en l'honneur de la reine Charlotte (1744–1818), épouse de George III d'Angleterre.

PÊCHES MELBA · *pêches dressées sur une glace à la vanille et nappées de purée de framboise* · ainsi nommées par Auguste Escoffier en l'honneur de la cantrice Nellie Melba. (Voir aussi Toast Melba, p. 107)

MAYONNAISE · *sauce épaisse à base de jaunes d'œufs, d'huile, de vinaigre & de moutarde* · inventée en 1756 et baptisée "mahonnaise" après la prise de Port-Mahon, dans l'île de Minorque ; ce port doit lui-même son nom au général Magon († 203 *avant notre ère*), qui combattit durant la campagne d'Hannibal en Italie.

BÉCHAMEL · *sauce blanche à base de farine, de beurre & de lait* · dédiée au marquis Louis de Béchamel († 1703), maître d'hôtel de Louis XIV.

CARPACCIO · *très fines tranches de filet de bœuf cru nappées d'huile & de jus de citron ou de mayonnaise* · créé par Giuseppe Cipriani, le fondateur du Harry's Bar de Venise. Comme le toast Melba (voir p. 107), le carpaccio aurait été créé pour améliorer un régime, celui de la contessa Amalia Nani Mocenigo à qui toute viande cuite était interdite. Son nom est un hommage au peintre Vittore Carpaccio (1460 ?–1525) et à ses rouges vibrants.

SAVARIN · *gâteau moelleux imbibé de rhum* · doit son nom à l'écrivain gastronome Jean-Anthelme Brillat-Savarin (1755–1826).

SACHERTORTE · *gâteau nappé au chocolat alternant couches de génoise et de confiture* · inventé à Vienne par Franz Sacher (*ca.* 1832).

EARL GREY · *thé noir de Chine aromatisé à l'essence de bergamote* · apprécié par le comte *(earl)* Charles Grey, IIe du nom (1764–1845).

BŒUF WELLINGTON · *filet mignon à la crème enrobé de pâte feuilletée* · ainsi nommé en l'honneur du duc de Wellington (1769–1852).

NICOTINE · *alcaloïde* ($C_{10}H_{14}N_2$) *présent dans les feuilles de tabac* · ainsi baptisé d'après (et par) Jean Nicot, ambassadeur de France à Lisbonne (*ca.* 1560), qui introduisit en France la culture du tabac. Nicot mit aussi en circulation le terme de *nicotiane* en confectionnant l'un des premiers dictionnaires français.

ÉPONYMES ÉPICURIENS

ŒUF BÉNÉDICT · *œuf poché dressé sur un muffin (ou un toast) couvert de bacon grillé, nappé de sauce hollandaise et garni avec une rondelle de truffe* · une controverse entoure son invention et l'origine de son nom : plusieurs Benedict se les disputent. Le prétendant le plus vraisemblable est le financier Lemuel Benedict, qui commandait ce mets à l'Hôtel Waldorf (*ca.* 1894).

VEAU ORLOFF · *selle ou filet de veau nappé de sauce Mornay et glacé au four* · recette inventée par Léonor Cheval et dédiée au prince Nicolas Orloff, ambassadeur à Paris du tsar Nicolas Ier.

CHATEAUBRIAND · *épais steak de bœuf taillé dans le cœur du filet* · recette inventée par Montmirail, cuisinier de l'écrivain François-René de Chateaubriand (1768–1848) alors qu'il était ambassadeur à Londres.

TARTE TATIN · *tarte cuite à l'envers avec les pommes recouvertes de pâte* · selon la recette qu'auraient inventée par accident les sœurs Stéphine et Caroline Tatin (*ca.* 1898).

LOGANBERRY · *baie du framboisier* Rubus loganobaccus · créé par le juge et horticulteur américain James Harvey Logan (*ca.* 1881).

MADELEINE · *petit gâteau moëlleux de forme ovale* · devant son nom à une cuisinière du château de Commercy, Madeleine Paulmier, qui l'aurait confectionné pour Stanislas Leczinski (*ca.* 1730).

TOURNEDOS ROSSINI · *tournedos dressé sur un croûton frit, garni de rondelles de truffe & de foie gras* · porte le nom du musicien gastronome Gioacchino Rossini (1792-1868), qui en aurait donné la recette au chef du Café Anglais à Paris.

PARMENTIER · *hachis de viande dressé entre deux couches de purée et gratiné* · ainsi nommé en l'honneur d'Antoine Parmentier (1737-1813), l'agronome qui a propagé en France la culture de la pomme de terre et popularisé sa consommation.

MIREPOIX · *préparation à base de légumes coupés en dés & de jambon cru, sautée et servie en sauce ou en apprêt* · créée au XVIIIe siècle par le cuisinier du duc de Lévis-Mirepoix, ambassadeur de Louis XV.

SALMONELLE · *bactérie à l'origine d'intoxications alimentaires chez l'homme* · son nom dérive de celui du médecin américain qui en identifia le bacille, Daniel Elmer Salmon (1850–1914).

LE POISSON SELON PHILIPPE II

On rapporte que Philippe II (1527-1598), roi d'Espagne et époux de la reine Marie d'Écosse, aurait justifié en ces termes son dégoût du poisson :

Ils ne sont rien d'autre qu'une gelée d'eau, de l'élément congelé.

DISSECTION DES VIANDES

Avez-vous appris à bien découper à table ? Car il est ridicule de ne pas savoir bien découper les viandes. … Vous accoutumez-vous à découper avec adresse & élégance, sans taillader autour d'un os pendant une demi-heure, sans éclabousser de sauce la compagnie, et sans renverser les verres dans les poches de votre voisin de table ?

— LORD CHESTERFIELD, *Lettres à son fils*, 13 IX 1748

PESSA'H & SEDER

La Pâque *(Pessa'h)* est l'une des fêtes majeures du calendrier juif : elle commémore les persécutions subies par les Hébreux en Égypte et célèbre l'Exode et la fin d'esclavage. Nourritures et boisson consommées durant le *Seder*, le festin de Pâque, sont investies d'une symbolique religieuse :

MATZA · pain azyme, sans levain – symbole de la fuite d'Égypte, si hâtive que les Hébreux n'eurent pas le temps d'attendre que la pâte lève. (Toute nourriture levée, ou *'hametz*, est interdite durant la Pâque.)

BEITSA · un œuf dur grillé – symbole du sacrifice animal qu'on offrait à Dieu avant la destruction du Temple.

VIN · quatre coupes de vin sont bues au cours du *Seder* – symbole, peut-être, des "quatre promesses de rédemption" ou des "quatre royaumes de persécution". (Une coupe supplémentaire est servie et laissée intacte pour le prophète Élie.)

KARPASS · légume : persil, oignon ou céleri – symbole de renouveau. On le trempe dans de l'EAU SALÉE, symbole des larmes versées par les esclaves.

MAROR · herbes amères : laitue, chicorée ou raifort – symbole des peines amères de l'esclavage.

'HAROSSET · mélange de fruits et de noix dans du vin – symbole du mortier avec lequel les esclaves construisaient les pyramides pour Pharaon.

ZEROAH · une épaule d'agneau, qui symbolise le sacrifice et l'offrande pascale.

CÉPAGES HELVÉTIQUES

On cultive en Suisse quelques cépages rares, aux noms pittoresques :

BLANCS – Amigne · Humagne blanche · Petite Arvine · Heida *ou* Païen
ROUGES – Cornalin · Humagne rouge · Durize · Goron de Bovernier

NETTOYER UNE CARAFE

Rincer la carafe à l'eau chaude. La remplir à demi d'eau savonneuse chaude additionnée d'une cuillère à café de bicarbonate. Ajouter de petits morceaux de papier journal. Laisser agir ½ heure en agitant de temps à autre. Vider, rincer à l'eau chaude, égoutter, essuyer l'extérieur et laisser sécher l'intérieur.

ÉCHELLE DE SCOVILLE

En 1912, Wilbur Scoville inventa une méthode pour comparer le degré de piquant des piments (*J. Am. Pharm. Assoc.*, 1912, n° 1, p. 453–454). À cette époque où des techniques d'analyse comme la microspectroscopie n'étaient même pas imaginables, Scoville dut se fier à des tests subjectifs :

> *Le protocole auquel j'ai recouru est le suivant. Pendant une nuit, on fait macérer un grain* [= 0,0648 g] *du piment considéré dans 100 ml d'alcool ; on agite et l'on filtre. Cette solution est ensuite diluée dans de l'eau sucrée selon des proportions croissantes, tant qu'une sensation de brûlure, distincte quoique faible, demeure perceptible sur la langue.*

Plus un piment est fort, plus la dilution requise pour qu'il ne soit plus sensible est élevée ; ce taux de dilution s'exprime en unités Scoville. Ces tests gustatifs, largement controversés, ont même été "tabou en de certains lieux", écrit Scoville. Ils offraient cependant, tant que n'existait pas de méthode d'analyse objective de la composition chimique, "un moyen commode et satisfaisant de sélectionner des piments à des fins médicinales et commerciales". Effectués sur différents piments, ils ont permis d'établir la désormais célèbre échelle de Scoville, qui les classe selon leur force :

Piment	*Unités Scoville (SU)*
poivron, piment doux	0
pepperoncini, piment-cerise	100–500
piment du Nouveau Mexique, aji Panca	500–1 000
Ancho, Passila, piment d'Espelette	1 000–1 500
Sandia, Rocotillo, Cubanelle, Poblano	1 500–2 500
chile Jalapeño, piment safran du Mexique	2 500–5 000
Chilcostle, Louisiana Hot	5 000–10 000
chile de arbol, Serrano, Japones	10 000–30 000
Piquin, piment de Cayenne *ou* pili-pili, Tabasco	30 000–50 000
piment oiseau, chile Tepin	50 000–80 000
piment lampion ou antillais, piment bonnet jaune	80 000–300 000
capsaïcine pure	16 000 000

(Indications approximatives, le piquant d'un même piment pouvant varier d'un fruit à l'autre.)

DICKENS ET LES HUÎTRES

... plus un endroit est pauvre, plus il semble y avoir de demande pour les huîtres. Regardez voir, Monsieur ; y a un marchand d'huîtres toutes les cinq ou six maisons. La rue, elle en est tapissée. Je suis bien forcé d'en conclure que quand un homme est très pauvre, il se dépêche de sortir de chez lui pour manger des huîtres par pur désespoir.

— CHARLES DICKENS, *Pickwick Papers,* 1836

HUILE D'OLIVE : SPÉCIFICATIONS

L'huile d'olive vierge est une huile provenant uniquement du fruit de l'olivier *(Olea europaea L.)* obtenue par des procédés purement mécaniques (pression ou extraction centrifuge) : elle doit n'avoir subi aucun traitement autre que le lavage, la décantation, la centrifugation et la filtration – en particulier aucun traitement chimique et aucune altération thermique. Le Conseil Oléicole International (COI) définit 4 catégories d'huile d'olive :

VIERGE EXTRA
arôme & saveur : de première qualité · teneur en acide oléique < 0,8 %
VIERGE
arôme & saveur : excellents · teneur en acide oléique < 2 %
VIERGE COURANTE
arôme & saveur : bons · teneur en acide oléique < 3,3 %
LAMPANTE
utilisée pour le raffinage · teneur en acide oléique > 3,3 %

LE CONCOMBRE MASQUÉ

Apparue dans le journal *Vaillant* le 1er avril 1965, la fabuleuse cucurbitacée dessinée par Mandryka semble être à ce jour le seul légume super-héros.

LA RÈGLE DE VIE DE CHURCHILL

Découvrant que son voisin de table, le leader arabe Ibn Séoud, s'abstenait de fumer et de boire de l'alcool pour des motifs religieux, Churchill déclara :

Je me dois de signaler que ma règle de vie prescrit, comme un rite absolument sacré, de fumer des cigares et de boire de l'alcool avant, après, et s'il en est besoin pendant tous les repas, comme aussi dans les intervalles qui les séparent.

MARTINI &c.

Le gin aurait été créé (*ca.* 1650) par le Dr. Franz de la Boë, qui eut l'idée de mélanger de l'eau de vie de grain avec du genièvre pour traiter les maladies rénales. Le vermouth – du vin blanc distillé avec des plantes aromatiques – était employé à l'origine pour traiter les vers intestinaux : son nom dérive de l'allemand *Wermut,* absinthe. Le Martini, cocktail salué par H.L. Mencken comme "l'unique invention américaine aussi parfaite qu'un sonnet", est la combinaison de ces deux spiritueux – selon des proportions très controversées. Hemingway militait pour le "Montgomery" : 15 doses de gin pour 1 de vermouth, le rapport de forces souhaité par le général Montgomery sur un champ de bataille. Richard Nixon, un peu moins sec à tout point de vue, préférait 7 doses de gin pour 1 de vermouth. Mais Luis Buñuel prétendait qu'il suffisait de tenir un verre de gin à côté d'une bouteille de vermouth traversée par un rayon de soleil. Quelques autres combinaisons :

COCKTAIL	Vermouth Rosso	Vermouth Dry	Vermouth Extra Dry	Whisky	Gin	Vodka	Angustura (traits)	Bitter à l'orange (traits)	Jus de citron vert	Eau de Seltz	GARNITURE
Classic Dry Martini		½			3						*olive*
Dry Martini		½			2½			4			*olive*
Gimlet		2							1½		*rondelle de citron*
Vodka Martini			⅓			2					*olive*
Gibson		½			3						*oignon au vinaigre*
Manhattan	2			1							*cerise confite*
Bikini	1					1				3	*zeste d'orange*
Pink Martini		1			3		2				
Vesper					3	1					*un trait de Lillet*

Refroidir préalablement tous les ingrédients ainsi que les verres à mélange & à cocktail.

SHAKER OU CUILLÈRE ?

Le Martini doit être frappé avec des glaçons avant d'être versé dans un verre à cocktail. Mais comment ? En l'agitant au shaker ou en le remuant à la cuillère ? Peu de questions ont causé autant de perplexité chez les buveurs. Le mélange au shaker donne une boisson plus frappée, mais risque de diluer les ingrédients par un contact prolongé avec la glace. Le responsable de ce dilemme est James Bond, adepte du mélange "au shaker, pas à la cuillère", qui de plus a le front de substituer de la vodka au gin. Pour dissiper le trouble jeté par le héros de Ian Fleming, on s'en remettra à Somerset Maugham :

"Un Martini doit toujours être remué à la cuillère, et non au shaker, de façon que ses molécules reposent voluptueusement les unes sur les autres."

VARIÉTÉS DE POMMES DE TERRE

variété	*origine*	*période*	*au four*	*frites*	*rissolées*	*purée*	*vapeur*	*soupe*
AMANDINE	France, 1994	*mai–juillet*	☆		☆		☆	
BELLE DE FONTENAY	France, 1935	*mars–juin*			☆		☆	
BF 15	France, 1947	*juillet–mars*		☆			☆	
BINTJE	Pays-Bas, 1915	*septembre–mai*		☆		☆		☆
BONNOTTE	France, 1994	*mai*			☆		☆	
CHARLOTTE	France, 1981	*toute l'année*			☆		☆	
ESTIMA	Pays-Bas, 1972	*septembre–avril*	☆	☆		☆		☆
FRANCELINE	France, 1993	*septembre–avril*			☆		☆	
MANON	France, 1987	*août–avril*	☆	☆		☆		☆
POMPADOUR	France, 1992	*septembre–mai*			☆		☆	
RATTE	France, 1935	*août–mai*			☆	☆	☆	
ROSEVAL	France, 1950	*toute l'année*			☆		☆	
SAMBA	France, 1989	*août–mai*	☆			☆		☆
VITELOTTE	*inconnue*	*juillet–octobre*		☆		☆	☆	

"BAPTISER" LE VIN

Tous les vins rouges – ou presque tous – sont meilleurs si l'on verse une ou deux gouttes d'eau dans le *premier* verre seulemement. Pourquoi, je l'ignore ; mais c'est ainsi. Cette coutume admirable et peu connue s'appelle "baptiser" le vin.

— HILAIRE BELLOC, *Avis, ca.* 1950

MITHRIDATISATION

La mithridatisation consiste à s'insensibiliser contre un poison par une absorption régulière et croissante de doses non mortelles. Le mot dérive du nom de Mithridate VI (*ca.* 132–63 avant notre ère), roi du Pont (nord de l'Asie Mineure), qui redoutait tant de mourir empoisonné qu'il aurait tenté de s'immuniser par cette méthode. Vaincu par Pompée, confronté à la révolte de son fils Pharnace, Mithridate voulut, tragique ironie, se donner la mort en prenant du poison – mais il ne s'était que trop bien mithridatisé, et il dut finalement ordonner à l'un de ses mercenaires de le poignarder.

Vain secours, a-t-il dit, que j'ai trop combattu !
Contre tous les poisons soigneux de me défendre,
J'ai perdu tout le fruit que j'en pouvais attendre. — RACINE

DERNIERS REPAS TEXANS

Depuis qu'on y a rétabli la peine de mort au milieu des années 1970, le Texas détient le sinistre record du plus grand nombre d'exécutions capitales aux États-Unis. Outre une injection létale de thiopental sodique, bromure de pancuronium & chlorure de potassium (valeur : 86,08 $), on offre aux condamnés à mort un ultime repas selon leurs souhaits – par exemple :

JEFFERY DOUGHTIE
exécuté le 16.08.2001
8 œufs frits (désire le jaune liquide), grand bol de gruau de maïs, 5 biscuits secs avec du beurre, 5 tranches de bacon frit croustillant, deux pâtés de chair à saucisse, 1 pichet de lait chocolaté, 1 litre de glace Blue Bell à la vanille, 2 bananes

GERALD MITCHELL
exécuté le 22.10.2001
assortiment de bonbons Jolly Ranchers (1 paquet)

SPENCER GOODMAN
exécuté le 18.01.2000
double cheeseburger, frites avec oignons & fromage, pomme de terre au four nappée de crème, beurre & fromage, 2 côtelettes de porc grillées, 3 enchiladas au bœuf, gâteau au chocolat

WILLIAM LITTLE
exécuté le 01.06.1999
15 fines tranches de fromage, 3 œufs frits, 3 toasts beurrés, 2 steaks hachés avec fromage, 2 tomates en rondelles, 1 oignon émincé, frites & mayonnaise, 2 livres de bacon frit croustillant, 1 litre de lait chocolaté et 1 livre de fraises fraîches

JOHNNY GARRETT
exécuté le 11.02.1992
crème glacée

RONALD O'BRYAN
exécuté le 31.03.1984
steak T-bone (à point / bien cuit), frites & ketchup, maïs en grains, petits pois, salade, tomate, œuf dur & mayonnaise, thé glacé, édulcorant, biscuits salés, gâteau de Boston à la crème pâtissière, biscuits roulés

(Le Département de la Justice criminelle du Texas est au regret de préciser que "le dernier repas servi peut ne pas correspondre au dernier repas demandé".)

Dans *Le Nouveau Paris* (1799), Louis-Sébastien Mercier rapporte que sous la Révolution, les condamnés étaient aussi obsédés par leurs derniers repas :

> *Les victimes, dans les prisons, sacrifiaient à l'estomac, et l'étroit guichet voyait passer les viandes les plus exquises pour des hommes qui touchaient à leurs derniers repas, et qui ne l'ignoraient point. Du fond d'un cachot, on faisait un traité avec un restaurateur, et les articles étaient signés de part et d'autres avec des conditions particulières sur les primeurs.*

QUELQUES TOPONYMES CULINAIRES

Agen .... pruneaux
Angleterre .... assiette
Antilles .... boudin
Bâle .... leckerlis
Bavière .... bavarois à la crème
Bayonne .... jambon
Béarn .... sauce
Bologne .... sauce
Bourgogne .... escargots
Bresse .... poulet
Bruxelles .... choux
Caen .... tripes
Cambrai .... bêtises
Cancale .... huîtres
Castelnaudary .... cassoulet
Catalogne [Espagne] ... crème brûlée
Cavaillon .... melon
Cayenne .... poivre
Chantilly .... crème
Cheddar [Angleterre] .... fromage
Cornouailles .... cidre
Dauphiné .... gratin
Dax .... dacquoise
Dijon .... moutarde
Forêt-Noire [Allemagne] ...... gâteau
Francfort .... saucisse
Furnes [Belgique] .... babeluttes
Gênes .... génoise
Grisons [Suisse] .... viande séchée
Gruyère [Suisse] . fromage *sans* trous
Guérande .... sel
Hambourg [Allemagne] .. hamburger
Isigny .... caramels
Irlande ...... Irish stew, Irish coffee
Jérusalem† .... artichaut
Liège .... chocolat glacé
Lorraine .... potée, quiche
Lyon .... saucisson
Malibu ... liqueur à la noix de coco
Montélimar .... nougat
Montilla [Espagne] ..... Amontillado
Morteau .... saucisse
Normandie .... trou
Paris .... champignons, jambon
Parme [Italie] .... jambon
Savoie .... fondue
Niederselters [Allemagne] eau de Seltz
Tabasco [Mexique] .... sauce
Tequila [Mexique] .... alcool
Toulouse .... saucisse
Troyes .... andouillette
Valais [Suisse] .... viande séchée
Vichy .... eau pétillante
Vire .... andouille
Worcestershire [Angleterre] ..... sauce
York [Angleterre] .... jambon

† L'artichaut de Jérusalem ne vient pas de Jérusalem et n'est pas un artichaut. Aussi appelé patisson blanc *(Helianthis tuberosus)*, il est en réalité originaire d'Amérique du Nord ; son nom est une déformation de *girasole*, qui signifie tournesol en italien.

RECETTES CANNIBALES

En s'inspirant de la *Modeste Proposition* de Swift (voir p. 87), Roland Topor, dans *La Cuisine cannibale* (1970), envisage "l'espèce humaine sous l'angle précis de sa qualité comestible" et détaille des recettes comme celles-ci :

Bras d'alpiniste cuit dans le plâtre · Maman aux roses blanches
Foie de Suisse à la poêle · Restes d'automobiliste en fricassée
Pâté de campagnard · Technicien à la crème · Brochette de moines
Soupe aux restes de nain · Pieds de majorette aux œufs durs

LIRE LES FEUILLES DE THÉ

La thédomancie ou tasséomancie – divination par la lecture des feuilles de thé – est attestée depuis au moins 229 avant notre ère, où dans un conte chinois une princesse abandonnée par l'astrologie s'en remet aux feuilles de thé. Voici l'une des nombreuses méthodes pour en percer les arcanes :

PRÉPARATION

Après avoir bu le contenu d'une tasse en porcelaine blanche, en laissant au fond une toute petite quantité de liquide (à peu près une cuillère), remuer la tasse pour décoller les feuilles de thé agglutinées au fond† ; la renverser sur la soucoupe et retourner le tout trois fois. Pour l'interprétation, retourner alors la seule tasse en prenant soin d'en diriger l'anse vers soi.

INTERPRÉTATION

Un amas de feuilles agglutinées signifie richesse et prospérité. Une feuille isolée sur le rebord de la tasse est de très bon augure, tout comme les dessins de formes humaines. Des feuilles collées sur les parois de la tasse indiquent que les présages s'accompliront rapidement ; au fond de la tasse, plus lentement. Des lignes ondulées annoncent le malheur et la peine, des lignes droites la paix. Plus une forme est grande, plus elle est significative ; des points autour d'une forme, des lignes convergeant sur elle en augmentent l'importance. Déchiffrement de quelques-uns de ces "hiéroglyphes" :

feuilles	étoile de mer	homard	poisson
changement	*chance*	*sécurité*	*incertitude*

forme	*signification*
oiseau	*bonne nouvelle chez soi*
chat	*jalousie*
mouette	*nouvelles de loin*
roue	*nouvel emploi*
épée	*contrariétés*
triangle	*perte cruelle*
arbre	*tentation*
étoile	*bonne fortune*
cercle	*mariage*
dirigeable	*grand danger*
chien	*fidélité*
fleur	*amitié*
cloche	*joie*
bouée	*sécurité en mer*
serpent	*trahison*
gerbe	*prospérité*
lit	*maladie*
cœur	*bonne nouvelle au loin*
hache	*division, séparation*
dragon	*craintes infondées*
marteau	*nouveau départ favorable*

† *Il est sans doute inutile de préciser que les sachets de thé en poudre ne sont ici d'aucune utilité.*

STOCKAGE DES CIGARES

L'idéal pour le stockage des cigares est un coffret humidor réglé ainsi :

TEMPÉRATURE : 18–21°C · HUMIDITÉ : 65–70 %

AIGUISER UN COUTEAU DE CUISINE

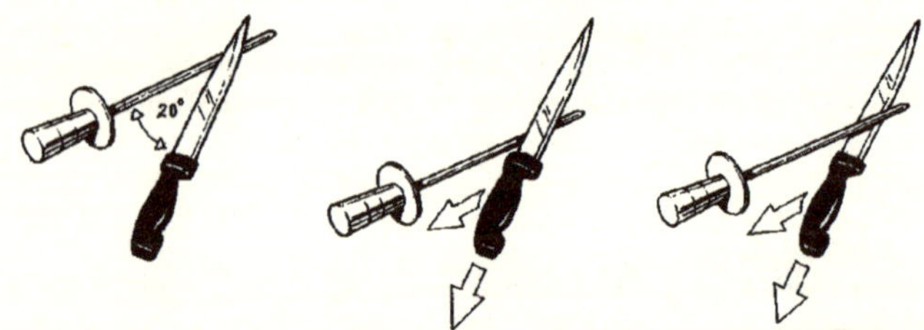

PARFUMS DE GLACES BEN & JERRY'S

Créées en 1978, aux États-Unis, dans le Vermont, par Ben Cohen & Jerry Greenfield, les glaces Ben & Jerry's doivent leur succès autant à leur qualité qu'à leurs parfums originaux et leurs noms pittoresques – entre autres :

Karamel Sutra[1]	Vanilla Caramel Fudge
Cookie Dough	The Vermonster[4]
Peace of Cake	Chocolate Fudge Brownie
Phish Food[2]	Chocolate Therapy
Chunky Monkey[3]	Caramel Chew Chew
New York Super Fudge Chunk	Cherry Garcia[5]
Fossil Fuel	Bohemian Raspberry[6]

[1] Crème glacée au caramel et au chocolat, avec des pépites de chocolat et un noyau de caramel liquide ; le rapport avec le *Kama Sutra* n'est pas clairement précisé. [2] Rien à voir avec de la nourriture pour poissons *(fish food)*, même si cette crème glacée au chocolat, à la guimauve et au caramel contient de petits poissons en chocolat : son nom est un clin d'œil à un groupe de rock inclassable originaire du Vermont, *Phish*. [3] Contrairement à ce que son nom laisse entendre, Chunky Monkey ne contient pas de morceaux de singe : c'est une crème glacée à la banane avec des pépites de chocolat et des noix. L'étiquette précise tout de même qu'"aucun singe n'a été blessé dans la fabrication de cette glace – bon, O.K., quelques bananes ont peut-être été un peu malmenées." [4] La marque, qui a toujours son siège dans l'état du Vermont, a également commercialisé des crèmes glacées baptisées The Full VerMonty et Vermonty Python. [5] Crème glacée à la cerise *(cherry)* avec des morceaux de chocolat et de vraies cerises dont le nom est un hommage à une légende du rock psychédélique, *Jerry Garcia*, co-fondateur et guitariste du groupe The Grateful Dead. [6] Crème glacée à la vanille, aux morceaux de brownies et aux framboises *(raspberries)*, dont le nom parodie le titre d'une chanson de Queen, *Bohemian Rhapsody*.

LES RÈGLES DE WASHINGTON

Dans sa jeunesse, George Washington tint un recueil de notes, citations et réflexions qui renfermait entre autres une liste de 110 *Règles de Civilité et de comportement décent en société et dans la conversation.* Plusieurs érudits ont recherché la source de ces maximes, sans doute inspirées d'un ouvrage composé par des jésuites français à la fin du XVIe siècle. On donne ici quelques-unes de ces *Règles* se rapportant aux manières de table, "avec l'espoir", pour reprendre les mots de leur éditeur Moncure Conway, "qu'elles feront plus qu'amuser le lecteur par leur caractère pittoresque et désuet".

90e · Quand vous êtes à table, ne vous grattez pas, ne crachez pas, ne toussez ni ne vous mouchez, sauf s'il est vraiment nécessaire.

92e · Ne prenez de sel ni ne coupez de pain avec votre couteau sale.

94e · Si vous trempez votre pain dans la sauce, que ce soit seulement un morceau de la taille d'une bouchée. Ne soufflez pas sur votre potage, attendez qu'il refroidisse.

95e · Ne portez pas la nourriture à votre bouche tant que vous avez encore le couteau à la main. Ne recrachez pas les noyaux dans un plat ; ne jetez rien sous la table.

96e · Il est malséant de se pencher sur la nourriture. Gardez vos doigts propres ; s'ils sont sales, essuyez-les à un coin de votre serviette.

97e · Ne portez pas un nouveau morceau à votre bouche avant que d'avoir avalé le précédent ; veillez à ce que les bouchées ne soient pas trop grosses pour vos joues.

98e · Ne buvez ni ne parlez la bouche pleine ; ne regardez pas à la ronde quand vous buvez.

99e · Ne buvez pas trop lentement, mais pas trop vite non plus. Avant de boire et après, essuyez-vous les lèvres. Abstenez-vous d'expirer bruyamment : c'est incivil.

100e · Ne vous curez pas les dents avec la nappe, avec votre serviette, une fourchette ni un couteau. Ne le faites qu'avec un cure-dent, et si les autres font de même.

101e · Ne vous rincez pas la bouche en présence d'autrui.

102e · Il n'est plus dans l'usage d'inviter à tout bout de champ la compagnie à manger ; inutile aussi de boire à la santé d'autrui à chaque fois que vous buvez.

103e · En compagnie de personnes d'un rang supérieur, ne prenez pas plus de temps qu'elles pour manger ; ne vous étirez pas à la fin du repas, levez-vous en vous appuyant légèrement sur le bord de la table.

Le libellé exact de quelques-unes de ces règles est malheureusement conjectural, du fait des dommages causés au manuscrit par les souris.

REGISTRE DES PARIS

Chaque soir au cours de l'année universitaire, les enseignants de Gonville & Caius College, Cambridge, se rassemblent pour dîner dans le Réfectoire avant de passer dans la Salle des Associations prendre un fruit et du vin de dessert. Depuis 1789, une tradition veut que l'on consigne dans un Registre des Paris tous les défis lancés au dessert, les gages infligés par la compagnie, et les bouteilles de vin offertes pour célébrer un événement particulier :

Mr. Hanmer parie avec Mr. Pemberton une bouteille de porto que Mr. Hanmer ne se coupera pas les cheveux d'ici douze mois.
(23 III 1789) *Perdu par Mr. Hanmer & acquitté*

Mr. Brinkley parie une bouteille de porto avec Mr. Davy que Mr. Davy mesure moins de 5'10" [1 m 78] sans chaussures. (21 VI 1790) *Perdu par Mr. Davy*

Mr. Holden offre une bouteille de porto si les Anglais prennent 6 vaisseaux français en 1794. (4 VI 1794)

Mr. Borton promet une bouteille de porto lorsque la paix sera signée entre l'Angleterre et la France.
Acquitté par Mr. Borton le 30 avril 1802

Mr. Caplin fait à Mr. Hemming le pari qu'il peut parcourir 300 yards [275 m] en moins de 300 bonds.
(6 VI 1794) *Perdu par Mr. Caplin*

Mr. Barton parie avec Mr. Grigby une bouteille de porto que Mr. Pitt ne sera pas ministre quand la paix sera signée avec la France.
(25 XII 1796) *Perdu par Mr. Grigby*

Mr. Jones parie avec Mr. Lucas une bouteille de porto que dans les mois à venir, les Billets de Banque auront cours légal dans toute la Grande-Bretagne. (26 IV 1797) *Perdu par Mr. Jones*

Mr. Wright parie avec Mr. Barton 5 bouteilles de vin que l'impôt sur le revenu ne sera abrogé ni pendant cette session parlementaire, ni pendant la prochaine. (30 III 1802)

Le Président offre 6 bouteilles de vin à l'assemblée pour fêter la glorieuse victoire [La Bataille de Trafalgar] remportée par Lord Nelson sur les flottes française et espagnole le 21 octobre 1805. (21 X 1805)
(Les convives offrent 44 bouteilles supplémentaires.)

Mr. Chapman défie Mr. Lucas de monter six barreaux d'une échelle rien qu'avec les bras.
(10 XII 1807) *Perdu par Mr. Chapman*

La Compagnie inflige un gage à Mr. Chad pour un geste irréfléchi et outrageant. (4 III 1808)

Pour célébrer les glorieuses Victoires des Alliés sur Bonaparte près de Leipzig les 15, 18 & 19 octobre 1813. (5 XI 1813) *15 bouteilles*

Mr. Norgate parie avec Mr. Okes qu'il est interdit d'épouser la sœur de son beau-père. (12 XI 1817)

Pour célébrer le voyage en Ballon du Dr. Woodehouse depuis Cambridge jusqu'à Brancher Park.
(15 V 1830) *18 bouteilles offertes*

REGISTRE DES PARIS (suite)

Une bouteille de vin en gage pour celui qui a pris le *Times* du jour.

(4 XII 1856) *Retrouvé dans la Loge du Principal*

Mr. Caldwell parie avec le Dr. Guillemard qu'à l'heure actuelle il n'y a pas 700 lépreux à Bergen. (1886)

Le Professeur Wood parie avec Mr. Stratton qu'on découvrira une nouvelle planète au delà de Neptune avant que les femmes aient le droit de vote. (3 I 1909) *Perdu par le Prof. Wood*

Le Capitaine Leslie fait à Mr. Casey le pari que l'Angleterre restera en paix les 12 prochains mois.

(27 VIII 1914)

Le Dr. Chappel parie avec Mr. Barnes que les Chinois étaient capables d'observer des objets d'une taille de l'ordre de 7µ avant 1550.

(3 II 1964)

Le Dr. Goodhart fait à Mr. Tranchell le pari que Jean sans Terre est mort d'une indigestion de lamproies.

(11 III 1964) *Perdu par le Dr. Goodhart*

Mr. Barnes parie avec le Dr. Goodhart qu'il peut être prouvé que le Dr. Goodhart n'est pas au centre de l'univers.

(17 III 1964) *Perdu par Mr. Barnes, tranché par le Dr. Stephen Hawking*

Le Dr. Abulafia, qui a par inadvertance cogné l'œil du Dr. Casey en expliquant les postulats fondamentaux de la Théorie de la Relativité générale d'Einstein, s'engage à récompenser la compagnie en manière d'excuses. (10 I 1977)

Le Dr. Casey parie avec le Dr. Buck que dans l'hémisphère sud, le porto tourne dans le sens inverse des aiguilles d'une montre.

(24 VIII 1979) *Gagné par le Dr. Casey*

Le Dr. Edwards offre du vin à l'assemblée pour marquer le fait que le dîner était présidé par le Prof. Stephen Hawking. Et le Dr. Whaley offre du vin pour célébrer le fait que pour la première fois, le bénédicité a été prononcé par une machine. (22 IX 1987)

SURSTRÖMMING

Le *surströmming* est une spécialité suédoise réservée aux connaisseurs. De petits harengs *(strömming)* pêchés après le frai sont mis à mariner avec de la saumure dans des cuves en bois ; après 48 heures on les vide et les étête pour les mettre dans des fûts qu'on laisse fermenter 8 à 12 semaines à la chaleur de l'été (4–16°C). La décomposition du poisson dégage une formidable quantité de gaz méphitiques, mais la "friandise" ainsi produite a beau avoir une odeur fétide, elle n'en est pas moins considérée par une minorité significative comme un pur délice. L'édit royal du Moyen Âge qui régit la confection du *surströmming* en fixe la mise en vente au troisième jeudi du mois d'août, où on le déguste accompagné de bière, d'aquavit ou de vodka.

INTOLÉRANCE AU GLUTEN & MALADIE CŒLIAQUE

La maladie cœliaque est une intolérance chronique au gluten (une protéine présente dans le froment, le seigle, l'orge et l'épeautre) qui entraîne des lésions de la muqueuse de l'intestin grêle, perturbant la digestion et l'absorption de nourriture. Les causes de la cœliaquie restent indéterminées ; on sait seulement qu'il s'agit d'une maladie liée au système immunitaire. On estime qu'une personne sur 300 pourrait être affectée par la maladie, dont les symptômes peuvent comprendre diarrhée, perte de poids, fatigue chronique, anémie, dépression. Un seul traitement : supprimer purement et simplement le gluten de l'alimentation, ce qui n'a rien de simple puisqu'il est présent dans le pain, les gâteaux, les biscuits, les pâtes, quantité d'aliments transformés industriellement et même certains médicaments.

CONSERVES

Si la mise en conserve dérive de l'usage antique de garder certains aliments dans des bouteilles ou des jarres scellées, la technique de conservation par *appertisation* (stérilisation d'une denrée à 110–120°C dans un récipient étanche, généralement en métal), inventée en 1795 par le confiseur français Nicolas Appert, ne s'est répandue qu'au cours du XIXe siècle. En 1938, deux boîtes de conserve (veau et carottes) abandonnées en 1824 par l'expédition arctique du capitaine Edward Perry furent ouvertes pour investigation scientifique. L'analyse chimique d'échantillons montra que les deux conserves étaient encore saines, et (en théorie) bonnes en manger ; on donna d'ailleurs le veau à des rats et à des chats. Malgré ses qualités, la nourriture en conserve s'est toujours attirée l'opprobre des intellectuels et des écrivains : "mécanique, sans âme … la nourriture en conserve est une insulte à l'idée qu'ils se font de la nature", note John Carey dans son essai *The Intellectuals and the Masses* (1992). En 1918, Laurent Tailhade écrivait :

> *La conserve, la sordide conserve, qui prête le même goût de fer-blanc aux petits pois, aux asperges en branche, aux rognons de coq, aux tomates épluchées, la conserve où les beefpackers de Chicago laissent traîner des doigts humains … a déshonoré à tout jamais les ombres de Carême, de Trompette, du marquis de Béchamel. La cuisine se meurt, la cuisine est morte.*

Plus tard, George Orwell a même soutenu que la première guerre mondiale n'aurait pas été possible si la nourriture en conserve n'avait pas été inventée :

> *On pourrait bien s'apercevoir à la longue que la boîte de conserve est une arme plus meurtrière que la mitrailleuse.*

LOGOS COCA-COLA

La marque Coca-Cola a été déposée en 1887, et depuis cette date son logo est devenu une image reconnue presque partout dans le monde. Ci-dessous, quelques-unes des déclinaisons de ce logo dans différents pays :

[Somalie] [Égypte] [Israël]

[Thaïlande] [France] [Japon]

[Sri Lanka · cingalais] [Taïwan] [Maroc]

[Corée] [Chine] [Bulgarie]

[Russie] [Pakistan] [Éthiopie]

NOURRITURE SPATIALE

Se nourrir dans l'espace constitue un défi tant pratique que culinaire : la nourriture doit tout à la fois fournir une alimentation adéquate et pouvoir être stockée et consommée en apesanteur. Du fait des restrictions de poids et de volume, les provisions embarquées dans la navette spatiale se limitent à 1,65 kg par personne et par jour (dont 0,5 kg d'emballages). La NASA distingue six catégories d'aliments propres aux missions spatiales :

LYOPHILISÉS .... *soupes, macaronis au fromage, œufs brouillés*
THERMOSTABILISÉS.................. *fruits, thon, saumon, poulet, jambon*
À HUMIDITÉ RÉDUITE............................. *pêches & abricots séchés*
NATURELS............................. *noisettes, barres de céréales, biscuits*
IONISÉS....................... *(pour stockage à température ambiante) bœuf*
CONDIMENTS.......................... *ketchup, moutarde, sauce au poivre*
(sel dissous dans de l'eau et poivre en suspension dans de l'huile pour usage en microgravité)

Les astronautes de la NASA sélectionnent leurs menus personnels à partir d'une "Liste de base des aliments navette" cinq mois avant le décollage ; leurs choix sont analysés par un diététicien pour vérifier qu'ils assurent bien une alimentation saine et équilibrée. Indépendamment de l'approvisionnement normal est embarquée une provision de sûreté *(Safe Haven Food)* – des rations conditionnées pour un stockage à température ambiante, destinées à assurer pendant 22 jours un minimum de 2 000 kilocalories par personne et par jour en cas de défaillance du système de bord.

GLOUBIBOULGA

Le gloubiboulga est le mets favori de Casimir, le dinosaure orange de l'émission télévisée *L'Île aux enfants* (1974-1982). Principaux ingrédients :

bananes écrasées · confiture de fraise · chocolat rapé
moutarde très forte · saucisses de Toulouse crues mais tièdes

Le "monstre gentil" mélange le tout dans un saladier en y ajoutant parfois un ingrédient supplémentaire – cornichons, anchois ou crème Chantilly.

MONNAIE & CHOCOLAT

Chez les indiens Nahuas, le commerce reposait essentiellement sur le troc. Il arrivait cependant que des fèves de cacao soient utilisées comme monnaie : ces fèves, nommées *patlachté*, étaient communément acceptées en paiement. L'unité monétaire la plus élevée était le sac de 8 000 fèves, ou *xiquipilli.*

ÉQUIVALENCES GUSTATIVES

La chair de	*aurait le goût du*
tapir	bœuf
puma[1]	veau
lièvre des marais	tapir
hippopotame[2]	bœuf
tatou	lapin
larves de guêpe[3]	œufs brouillés
porc-épic	cochon de lait, volaille
chauve-souris	perdreau
lion	veau
cygne[4]	gibier d'eau
renard	lapin
iguane[5]	chapon, lapin
castor	porc
ours	entre le bœuf et le porc
cheval	bœuf
kangourou	venaison
punaise d'eau géante[6]	gorgonzola
araignée Nephila[6]	pomme de terre
morse	gibier
blaireau	mouton
chauve-souris roussette	gibier
limace de mer[7]	tortue verte
termites	laitue
flamant rose	canard sauvage
crocodile[8]	porc, homard
boa constrictor[9]	veau
chien	porc, agneau
singe[10]	lapin
renne	gibier, bœuf

Certaines de ces équivalences sont fondées sur des expériences personnelles ou rapportées ; la plupart proviennent de sources diverses, en particulier du superbe ouvrage de Peter Lund Simmonds, *Curiosités alimentaires* (1859). [1] D'après Charles Darwin dans son *Journal d'un naturaliste.* [2] En Afrique, les colons portugais étaient autorisés à consommer de la viande d'hippopotame pendant le Carême : un raisonnement ecclésiastique un rien spécieux établissait que les hippopotames, passant le plus clair de leur temps dans l'eau, pouvaient être rangés dans la catégorie des poissons. [3] Pascal Khoo Thwe, de l'ethnie Padaung de Birmanie, note que le goût des larves de guêpe se situe "quelque part entre les œufs brouillés et la crevette grillée, suivant leur maturité". [4] Voir ausi p. 146. [5] Chapon selon Osbert Sitwell, lapin selon tous les autres. [6] D'après les notes de W.S. Bristowe. [7] D'après Mr. Wingrave Cooke. [8] Porc selon le révérend Mr. Hansel dans ses *Lettres sur les îles Nicobar*, homard selon le Dr. Madden dans ses *Voyages en Égypte.* [9] D'après Mr. Buckland dans ses *Curiosités d'histoire naturelle.* [10] D'après Mr. Wallace dans ses *Voyages sur l'Amazone.*

VIN BOUCHONNÉ

J'ai entendu des gens se plaindre de ce que le vin était "bouchonné" quand ils trouvaient un fragment de liège flottant dans leur verre. En fait, le vin n'est vraiment bouchonné que lorsque le bouchon est moisi et malodorant, et que le vin a mauvais goût ; auquel cas il ne faut jamais le boire. … C'est pour cette raison que l'on verse toujours d'abord une petite quantité de vin dans le verre du maître de maison, afin qu'il le goûte. … S'il est assez barbare pour accepter, quoiqu'il l'ait goûté, un vin bouchonné, tout ce que les convives peuvent faire, c'est s'abstenir d'en boire et ne jamais revenir à sa table.

— EVELYN WAUGH, *Wine in Peace and War,* 1949

COCKTAILS

– BACHELOR'S – DREAM

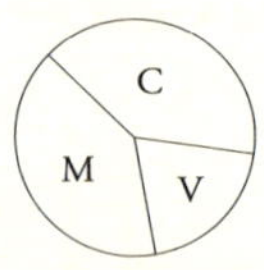

½ Curaçao
½ Marasquin
¼ Crème de Violette
Remuer, verser dans un verre à cocktail, décorer de crème fouettée.

– CHAMPAGNE –

Placer dans une flûte un morceau de sucre et un trait d'Angustura, remplir de champagne glacé, décorer avec une écorce d'orange.

– NEGUS –

Remplir un grand verre aux ⅔ d'eau très chaude. Ajouter ½ morceau de sucre & 3 rubis de porto. Remuer & saupoudrer de muscade râpée.

– B-52 –

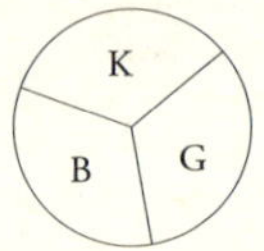

2 Kahlúa · 2 Baileys
2 Grand Marnier
Verser doucement les alcools dans un tumbler.

– MINT JULEP –

Placer dans un tumbler 2½ c.à.s. d'eau, 1 c.à.c. de sucre, & 3 brins de menthe fraîche. Bien écraser la menthe pour qu'elle libère son arôme, et ajouter 2½ verres de bourbon. Remplir de glace pilée & décorer de sucre.

– RUSTY NAIL –

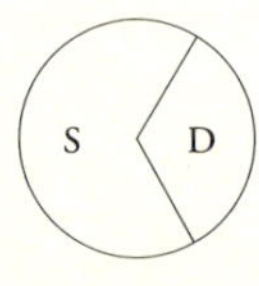

1½ Scotch whisky
¾ Drambuie
Remuer & verser sur de la glace.

– ADONIS –

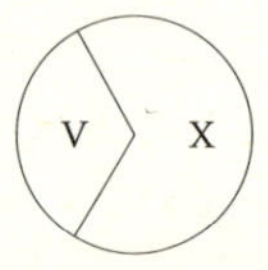

1½ Xérès
¾ Vermouth rouge
Ajouter un trait de bitter à l'orange, remuer, verser sur de la glace & décorer avec une écorce d'orange.

– ABSINTHE –

Mélanger 1 trait de jus d'orange, 6 traits d'anisette & de la glace.

– COSMOPOLITAN –

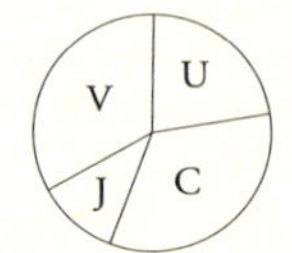

1½ Vodka · 1 Cointreau
1½ jus de Canneberges
¼ Jus de citron
Mélanger au shaker, verser & décorer avec une écorce d'orange.

– MARGARITA –

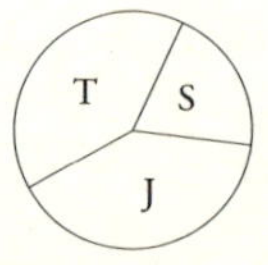

2 Tequila · 1 Triple Sec
2 Jus de citron vert
Remuer au shaker avec de la glace, verser dans un verre givré au sel, décorer de citron vert.

– SINGAPORE – SLING

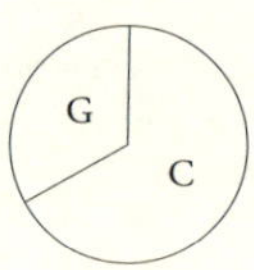

¼ Gin
½ liqueur de Cerises
Ajouter le jus d'¼ de citron vert, remuer, verser sur de la glace dans un tumbler & remplir d'eau gazeuse.

COCKTAILS

– SIDE-CAR –

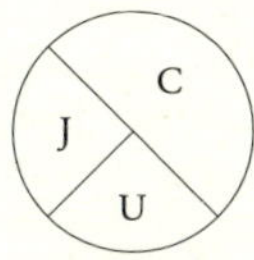

1½ Cognac
¾ Cointreau
¾ Jus de citron
Mélanger au shaker, verser sur de la glace dans un verre à cocktail givré au sucre & décorer avec un zeste de citron.

– DAIKIRI –

Mélanger au shaker 2 doses de rhum, 1 jus de citron, 1 c.à.c. de sucre. Décorer avec un zeste de citron.

– LONG ISLAND – ICE TEA

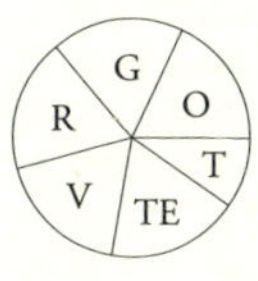

¼ Triple Sec · ¾ Vodka
¾ Rhum · ¾ TEquila
¾ Gin · ½ citron vert
¾ jus d'Orange, cola.
Presser le citron vert dans un tumbler avec des glaçons. Ajouter les alcools, remuer, compléter avec du cola.

– BLOODY MARY –

Mélanger du jus de tomate, de la sauce Worcestershire, du sel de céleri, du poivre & 1 à 3 gouttes de Tabasco. Verser sur de la glace et 2 vodkas. Selon les goûts ajouter une larme de xérès, ou une racine de raifort pour plus de piquant.

– NEGRONI –

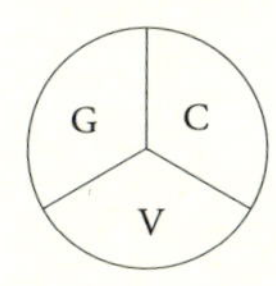

1½ Gin · 1½ Campari
1½ Vermouth
Mélanger et verser sur de la glace dans un tumbler. Compléter avec de l'eau gazeuse & décorer avec une écorce d'orange.

– MOJITO –

Placer une poignée de feuilles de menthe dans un tumbler. Ajouter 1 c.à.c. de sirop de sucre. Piler énergiquement. Ajouter ½ jus de citron & 2 doses de rhum. Compléter avec de l'eau gazeuse. Décorer avec de la menthe.

– SEABREEZE –

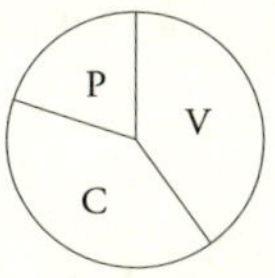

2 Vodka
2 jus de Canneberges
1 jus de Pamplemousse
Mélanger & verser dans un tumbler avec de la glace.

– WHISKY SOUR –

Ajouter 1 c.à.c. de sucre et ½ jus de citron à 1 dose de whisky (bourbon). Mélanger au shaker & verser dans un tumbler.

– KAMIKAZE –

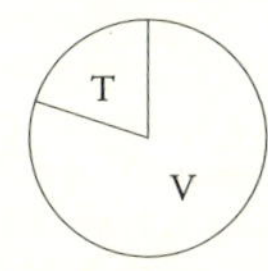

2 Vodka · ½ Triple Sec
Ajouter une c.à.c. de jus de citron vert & remuer avec de la glace.

– BELLINI –

Écraser & passer la pulpe de 3 pêches blanches. Mélanger 3 doses de ce nectar avec 1 de champagne ou de Prosecco. Servir glacé.

1 dose ≈ 25 ml. Il existe de nombreuses variantes pour la plupart de ces mixtures.

BLACK VELVET

Le *Black Velvet*, cocktail associant le champagne à la bière brune, a été inventé en 1861 dans un club londonien, Brooks's. La légende veut qu'à la mort du prince Albert, l'époux de la reine Victoria, le barman du club ait fait porter le deuil au champagne en lui ajoutant une dose de Guinness : d'où ce nom de *Black Velvet*, qui signifie *velours* ou *crêpe noir*. Le cocktail devint populaire : il aurait même été la boisson favorite du "chancelier de fer" Otto von Bismarck. Beaucoup d'autres ont cependant condamné cette mixture comme une adultération manifeste de deux excellents breuvages.

Préparation : mélanger champagne et Guinness en quantités égales, en ajoutant celle-ci à celui-là pour éviter une effervescence excessive.

HEURES DES REPAS DES MOINES

Extrait de la *Règle de saint Benoît*, composée *ca.* 535

CAPUT XLI · *Quibus horis oporteat reficere Fratres*
(CHAPITRE XLI · À quelles heures les Frères doivent prendre leurs repas)

Depuis la sainte Pâque jusqu'à la Pentecôte, les frères déjeuneront à la sixième heure [midi] et souperont le soir. Depuis la Pentecôte et durant tout l'été, si les moines ne travaillent pas aux champs et s'ils ne sont pas écrasés par la chaleur, ils jeûneront jusqu'à la neuvième heure [3 h] les mercredi et vendredi. Aux autres jours ils mangent à midi. Quand ils travaillent aux champs ou quand il fait très chaud en été, le repas doit rester fixé à midi. C'est à l'abbé d'en décider : à lui de régler et modérer toutes choses, en sorte que les âmes soient sauvées et que les frères travaillent sans raison de murmurer. Du 14 septembre jusqu'au début du Carême, les frères mangeront à la neuvième heure. Pendant le Carême jusques à Pâques, ils mangeront le soir après les Vêpres. Les Vêpres auront lieu assez tôt : en sorte que l'on n'aura pas besoin d'allumer une lampe durant le repas, et que tout se terminera à la lumière du jour. Il en ira de même tout au long de l'année : le souper ou l'unique repas sera pris assez tôt pour que tout se fasse à la lumière du jour.

SAUGRENUITÉS

À la Renaissance, *saugrenée* désignait l'assaisonnement d'un plat avec de l'eau et du sel, *saugreneux* signifiant salé et piquant. Peut-être par rapprochement avec *sot* et *grenu*, l'adjectif *saugrenu* en est venu à caractériser toute chose bizarre, inattendue, quelquefois ridicule, souvent piquante et cocasse.

APHRODISIAQUES & ANAPHRODISIAQUES

Hommes et femmes sont depuis des siècles en quête d'aphrodisiaques. John Davenport écrivait, dans son essai *Aphrodisiacs & Anti-Aphrodisiacs* (1859) :

> … *les règnes végétal, animal, et minéral ont été fouillés de fond en comble à seule fin de découvrir des remèdes capables de fortifier l'appareil génital, et de le stimuler pour le pousser à l'action.*

Parmi ceux-ci, on peut mentionner : les orchidées (en grec, *orchis* signifie testicule), les airelles, les perce-neige, la cervelle de perdrix (réduite en poudre & délayée dans du vin rouge), les truffes (prisées à tel point par George IV qu'il avait donné instruction à ses ambassadeurs d'expédier les plus beaux spécimens aux cuisines royales par messager d'État). Les fruits de mer sont largement représentés dans la liste des aphrodisiaques : le pouvoir des huîtres était notoire dès le temps de Juvenal ; homards, crabes, oursins et seiches avaient aussi leurs partisans. Les Romains avaient une passion pour les potions d'amour : dans les rues de Rome, on vendait à la criée des décoctions à base d'os de grenouilles, de rémora, de moelle séchée et de rognures d'ongles. Une épigramme de Martial nous donne aussi une idée des herbes et des plantes alors prisées pour leur vertu excitante :

> *Plus rien n'y fait : oignons lubriques ni roquette,*
> *Ni même, désormais, l'obscène sariette.*

Mais les aphrodisiaques n'ont pas été universellement célébrés. Au XVIIe siècle, certains ordres monastiques faisaient interdiction de manger ou de boire du chocolat par crainte de ses effets stimulants. À Venise, l'ancienne loi (cap. XVI : *Dei maleficii et herbarie*) faisait un crime de l'administration de breuvages d'amour ; en Angleterre, Lady Grey fut accusée de recourir à des aphrodisiaques pour ensorceler Edward VI. Par ailleurs – et bien que presque tout ait pu être considéré à un moment ou à un autre comme un aphrodisiaque – il est de nombreuses substances "efficaces pour modérer, ou plutôt refréner, une propension trop violente à l'acte vénérien". La laitue, les concombres, les endives, les citrons, l'oseille, le camphre, le lait ont été considérés comme anaphrodisiaques du fait de leur pouvoir rafraîchissant. Platon et Aristote conseillent de marcher pieds nus pour contenir le désir charnel, Davenport d'étudier les mathématiques ("de tous temps, les mathématiciens n'ont été que peu enclins à l'amour") ; il note aussi, ce qui paraît une évidence, que la lèpre a un effet anaphrodisiaque. Selon Rabelais, enfin, "la concupiscence charnelle est refrénée par cinq moyens" :

[1] par le *vin*… [2] par certaines *drogues & plantes*…
[3] par *labeur* assidu… [4] par *fervente étude*…
[5] par l'*acte vénérien* [en le faisant 25 à 30 fois par jour].

AMBROISIE, NECTAR, MANNE

L'AMBROISIE et le NECTAR sont la nourriture et le breuvage mythologiques qui assurent l'immortalité aux dieux de l'Olympe. La MANNE est la nourriture miraculeuse tombée du ciel pour nourrir les Hébreux dans le désert.

McDONALD'S DANS LE MONDE

McDonald's compte plus de 30 000 restaurants dans 121 pays et territoires :

Afrique du Sud · Allemagne · Andorre · Antilles néerlandaises Arabie saoudite · Argentine · Aruba · Australie · Autriche Azerbaïdjan · Bahamas · Bahreïn · Belgique · Bermudes · Biélorussie Bolivie · Brésil · Brunei · Bulgarie · Canada · Chili · Chine · Chypre Colombie · Corée [où l'on sert un Bulgogi Burger à la viande de porc] Costa Rica · Croatie · Cuba · Danemark · Égypte · Émirats arabes unis Équateur · Espagne · Estonie · États-Unis · Fidji · Finlande [où a ouvert en 1997 le premier McDonald's au delà du cercle polaire Arctique] · France Géorgie · Gibraltar · Grande-Bretagne · Grèce · Guadeloupe Guam · Guatemala · Guyane · Honduras · Hong Kong · Hongrie Île Maurice · Île de la Réunion · Îles Samoa · Île de la Trinité Îles Vierges · Inde [où l'on sert un Maharaja Mac au mouton] · Indonésie Irlande [où l'on sert un Shamrock Shake autour de la St Patrick] · Islande Israël [où toute la viande est cacher] · Italie · Jamaïque · Japon [où l'on sert un Teriyaki McBurger] · Jordanie · Kuweit · Lettonie · Liban Liechtenstein · Lituanie · Luxembourg · Macao · Macédoine Malaisie · Malte · Martinique · Mexique · Moldavie · Monaco Maroc · Pays-Bas [où l'on sert un McKroket spécial] · Nouvelle Calédonie Nouvelle Zélande · Nicaragua · Norvège · Oman · Pakistan · Panama Paraguay · Pérou · Philippines · Pologne · Portugal · Porto Rico Qatar · République dominicaine · République tchèque · Roumanie Russie [le McDonald's de la place Pouchkine est le plus fréquenté au monde] · Salvador Saint-Martin · Saipan · San Marino · Singapore · Slovaquie · Slovénie Sri Lanka · Surinam · Suisse [où l'on sert un Vegi Mac spécial] · Tahiti · Taïwan Thaïlande · Turquie · Ukraine · Uruguay · Venezuela · Yougoslavie

PETIT DÉJEUNER D'OSLO

Le *petit déjeuner d'Oslo* fut décrété en 1929 afin d'améliorer la santé des écoliers norvégiens, à qui l'on servait gratuitement, tous les matins :

¼ litre de lait · pain complet · fromage · ½ orange · ½ pomme
une dose d'huile de foie de morue *(entre septembre et mars)*

CAPTAIN BIRDSEYE

C'est dans les années 1910, au Labrador où il travaillait dans la traite des fourrures, que Clarence Birdseye (1886–1956) constata que le climat arctique conservait remarquablement la nourriture. Enfant, Birdseye s'était intéressé à la taxidermie et à la cuisine : il vit rapidement le parti que l'on pouvait tirer du grand froid pour les techniques de conservation alimentaire. De retour aux États-Unis, il expérimenta différents procédés de congélation et découvrit qu'un abaissement intense et ultra-rapide de la température d'un aliment (surgélation) transforme l'eau qu'il contient en cristaux de glace en en laissant à peu près intacts la structure et le goût. En 1924, il fonda la société qui allait devenir le groupe General Foods. Birdseye ne ressemblait guère au loup de mer barbu auquel, depuis 1967, on donne le nom de "Captain Birdseye" dans une publicité pour des bâtonnets de poisson pané – personnage rebaptisé "Capitan Findus" en Italie et "Captain Iglo" en Allemagne, aux Pays-Bas et en France ; bien qu'il ait travaillé pour l'armée américaine, il n'est d'ailleurs pas certain qu'il ait jamais été capitaine.

ÉTIQUETTES MOUTON ROTHSCHILD

En 1924, le baron Philippe de Rothschild changea la face des bouteilles de vin en commandant à l'affichiste Jean Carlu une étiquette pour son dernier millésime. Vingt-et-un ans plus tard, à la Libération, c'est un "V de la victoire" dessiné par Philippe Jullian qui figurait sur l'étiquette ; une tradition annuelle était lancée. Depuis 1945, une pléiade d'artistes se sont relayés pour illustrer les étiquettes de Mouton Rothschild, parmi lesquels :

1947	Jean Cocteau	1975	Andy Warhol
1955	Georges Braque	1976	Pierre Soulages
1957	André Masson	1983	Saul Steinberg
1958	Salvador Dalí	1985	Paul Delvaux
1964	Henry Moore	1988	Keith Haring
1966	Pierre Alechinsky	1990	Francis Bacon
1969	Joan Miró	1993	Balthus†
1970	Marc Chagall	1997	Niki de Saint Phalle
1971	Wassily Kandinsky	1999	Raymond Savignac
1973	Pablo Picasso	2004	le Prince Charles‡

† L'étiquette dessinée par Balthus (Balthazar Kossowski de Rola) représentait une adolescente étendue, nue. Elle avait reçu l'approbation du Bureau américain de l'alcool, du tabac et des armes à feu (BATF), dont la juridiction s'étend aux images & inscriptions figurant sur les étiquettes du vin commercialisé aux États-Unis ; cependant, après les plaintes d'un groupe de pression californien (le "Sexual Assault Response Team"), Mouton Rothschild préféra mettre sur le marché américain des bouteilles où l'espace prévu pour le dessin de Balthus était laissé en blanc. ‡ En commémoration du centenaire de l'Entente cordiale.

QUELQUES MOTS DE CUISINE GRECQUE

avgolemono . *consommé œufs-citron*
baklava . *feuilletés amandes/pistaches*
bourekakia . *rouleaux de filo à la feta*
dolmades ... *feuilles de vigne farcies*
feta ...... *fromage au lait de brebis*
gouvetsi .... *cassolette d'agneau*
horta .... *pissenlits à l'huile & citron*
kalamarakia .... *calmars*
kourabiedes .. *biscuits aux amandes*
mezethes ...... *amuse-bouche variés*
moussaka ..... *aubergines au hachis*
karpouzi .... *pastèque*
psomi .... *pain*
psari .... *poisson*
rigani .... *origan*
rizogalo .... *riz au lait à la cannelle*
skordalia .... *sauce à l'ail*
souvlakia ...... *brochettes de viande*
spanakopeta . *feuilletés aux épinards*
tahini .... *pâte de sésame*
taramosalata *purée d'œufs de poisson*
tiropita .... *feuilletés de filo à la feta*
tzatziki .. *concombre au yaourt & ail*
xifias .... *espadon*

OMELETTE NORVÉGIENNE

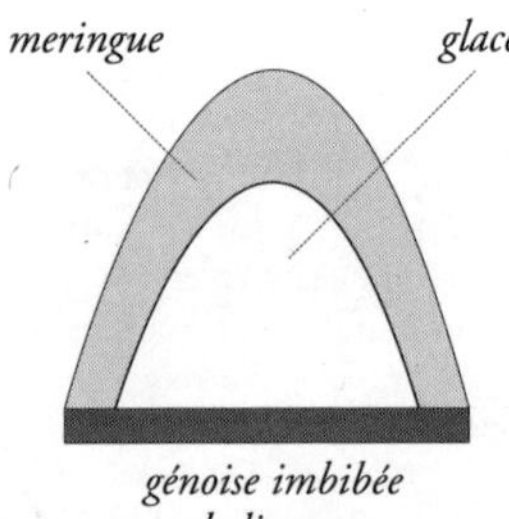

Préparation hybride entre le dessert et l'expérience de physique, l'omelette norvégienne a des origines confuses. Il se peut que l'idée improbable de faire cuire de la crème glacée sous une meringue revienne à un chef du *Grand Hôtel* de Paris (Giroux, ou un nommé Balzac) ; mais il en est qui créditent un physicien américain, le comte Rumford (1753-1814), quand d'autres l'attribuent à Charles Ranhofer, et d'autres encore à un cuisinier anonyme faisant partie de la délégation chinoise à l'Exposition universelle de Paris en 1867. Le secret du chaud-froid de cet entremets réside dans l'air qu'emprisonne le blanc d'œuf battu en neige de la meringue : il joue le rôle d'isolant, et tout en dorant il protège la glace de la chaleur du four. L'omelette norvégienne est aussi appelée *omelette suédoise, omelette soufflée surprise,* et dans les pays anglo-saxons *Baked Alaska* ou encore *Alaska Florida.*

ŒUFS & SAGESSE

Un œuf n'est rien, *Deux* font grand bien,
Trois est assez, *Quatre* est trop,
Cinq donnent la mort.

— Gabriel Meurier, *Trésor des Sentences,* 1517

SWIFT À TOUS LES VENTS

Un curieux libelle publié sous pseudonyme à Londres en 1722 expose avec force jeux de mots le bénéfice des flatulences pour les femmes. Son auteur est presque à coup sûr Jonathan Swift (1667–1745). En voici la page de titre :

L'avantage de PÉTER expliqué
ou
Enquête sur la cause FONDAMENTALE des maux affectant le *Beau Sexe*
Établissant *a Posteriori* que toutes leurs indispositions sont occasionnées peu ou prou par des *Flatuosités* qui n'ont pas été éventées à temps.

Composé en *Espagnol* par Don *Merdinando Pouffindorst*
qui professe le Bel Air à l'Université de *Cracovie* (sur la Fistule)
ET
Traduit incontinent en *Anglais* à la Requête et pour l'Usage
de Lady *Damp-fart* of *Her-fart-shire*
PAR
Obadiah Fizle, Gentilhomme du Siège
de la Princesse d'*Arsimini* en *Sardaigne*

[Imprimé par Simon Boumbombbard, à l'Enseigne du Moulin à Vents]

Merdinando Pouffindorst (*i.e.* Swift) donne d'abord sa définition du pet :

> *Certaine Vapeur Nitro-aérienne exhalée d'un réservoir adjacent d'Humeur Stagnante de Nature Saline, Vapeur raréfiée & Sublimée dans le Serpentin d'un Alambic Microcosmique à la douce chaleur du Bain Stercoraire, chargée d'un fort Empyreume et chassée au travers du Postérieur par la force compressive de la Faculté expulsive.*

La démonstration de l'avantage des pets pour le beau sexe repose sur une triple argumentation. *Primo*, les femmes s'exposent à de “fâcheuses conséquences” en réprimant leurs flatulences. *Secundo*, péter n'enfreint ni la Loi Canon, ni les Lois de la Nature (“*quoique ce semble être une infraction à la Loi Civile*”). *Tertio*, “*maints avantages s'ensuivraient d'un Acte de Tolérance*”, notamment la liberté pour les femmes de manger de la purée de pois et de boire du cidre bouché – mais aussi beaucoup d'amusement en société.

NIGELLE

Dans la cuisine indienne, les graines de nigelle *(Nigella sativa)* servent de condiment pour donner une légère saveur poivrée aux pains comme le naan.

ABATS

Les abats constituent les parties comestibles secondaires des animaux de boucherie, dont ils forment le "cinquième quartier" : ils comprennent les viscères, ainsi que tous les morceaux de l'animal (cervelle, langue, queue, pieds...) susceptibles d'être commercialisés et consommés. La répugnance que ces parties du corps suscitent communément a conduit à inventer un véritable glossaire d'euphémismes spécialisés pour les désigner :

intestins .... *fraise*
moelle épinière .... *amourette*
cœur, rate, foie, poumons.. *fressure*
poumon .... *mou*
reins .... *rognons*
testicules (voir p. 91)....... *animelles*

Sans doute en raison de leur abondance et de leur prix modique, les abats entrent dans de nombreux pays dans la composition de plats populaires : en France, les *tripoux* auvergnats ou aveyronnais, petits paquets farcis de panse d'agneau ou de veau ; le *tablier de sapeur* lyonnais, morceau de gras-double (*i.e.* de panse de bœuf) pané et grillé ; la *ferchuse* bourguignonne, faite de cœur, de poumon et de foie de porc cuits dans de la graisse de lard. Les *faggots* britanniques sont des abats de porc enveloppés dans un boyau avec de la chapelure, des oignons et des épices† ; la *quaggiaridda* italienne, un mélange d'abats de mouton et de fromage cuit dans une crépine de porc ; la *jitrnice* tchèque, une saucisse à base de foie et de poumon ; quant au plat national écossais, le *haggis*, il s'agit d'une panse de brebis farcie avec la fressure de l'animal. Les abats se conservent mal : ils doivent donc être cuisinés le plus rapidement possible après l'abattage. Aussi en fait-on souvent des pâtés, des terrines, des saucisses, du fromage de tête...

† On prétend que le Grand Incendie de Londres de 1666 serait parti d'une fournée de *faggots* prenant feu dans une échoppe de Pudding Lane [*i.e.* l'Allée du Boudin]. L'incendie détruisit quelque 13 200 habitations, 87 églises et même la cathédrale Saint-Paul, ainsi que divers bâtiments publics, mais il fit moins de 20 victimes.

PÊCHE POMME POIRE ABRICOT

Pêche pomme poire abricot
Y en a une y en a une
Pêche pomme poire abricot
Y en a une de trop
Dans la cuillère à pot
Une c'est pour toi les prunes
Deux c'est pour toi les œufs
Trois c'est pour toi les oies
Quatre c'est pour toi la claque

(Il existe de nombreuses variantes de cette comptine classique.)

FAVISME

Le favisme est une maladie relativement rare déclenché par la consommation de fèves, ou la simple inhalation de pollens de *Vicia faba.* Plus fréquent chez les hommes que chez les femmes, le favisme est déterminé génétiquement : il affecte les individus présentant un déficit en glucose-6-phosphate déshydrogénase (G6PD), une enzyme présente dans les globules rouges. Le favisme a pour effet la destruction de ces globules rouges, entraînant une anémie aiguë. Il est notoire que Pythagore faisait défense à ses disciples de manger des fèves *("A fabis abstinete !")* ; on ignore toutefois s'il était conscient ou non du risque de favisme.

ENSEIGNES DE PUBS & PUB CRICKET

En Angleterre, les pubs se signalent souvent par le pittoresque de leur nom et de leur enseigne. L'origine en est souvent évidente, qu'ils évoquent la boisson *(The Grapes, The Bottle & Basket : Les Raisins, la Bouteille & le Panier),* la chasse *(The Hare & Hounds : Le Lièvre & la Meute),* telle ou telle profession *(The Good Doctor, The Printer's Devil : Le Bon Docteur, Le Démon de l'Imprimeur),* la loyauté au monarque *(The Crown, The King's Head : La Couronne, Le Profil du Roi),* la vie rurale *(The Wheatsheaf : La Gerbe),* etc. Mais certains noms ont une origine plus obscure, ou plus curieuse :

Albion.. *l'ancien nom de l'Angleterre*
Bag O'Nails [Le Sac d'Ongles] .... *corruption de "Bacchanals" ?*
Black Lion [Le Lion Noir] .... *des armes de Phillipa de Hainaut*
Blue Boar [Le Sanglier Bleu] .... *emblème du comte d'Oxford*
Cat & Fiddle [Le Chat & le Violon] .... *corr. de "La Chatte Fidèle" ?*
Crossed Keys [Les Clefs en sautoir] ... *les clefs du Paradis, emblème de St Pierre*
Elephant & Castle [L'Éléphant & le Château] .. *corr. de "L'Infante de Castille" ?*
Falcon [Le Faucon] .... *emblème de la reine Élisabeth Ière*
Green Man [L'Homme Vert] .. *le dieu celtique de la fertilité, ou Robin des bois*
Intrepid Fox [Le Renard intrépide] . *le politicien Charles James Fox (1749–1806)*
Lamb & Flag [L'Agneau & le Drapeau] ... *symbolise le Christ et sa résurrection*
Mother Shipton .... *sorcière & prophétesse du Yorkshire (1488–1560 ?)*
Pelican .... *symbole du Christ & de la charité*
Punchbowl [Le Bol de Punch] .... *signe de ralliement du parti Whig*†
Tuns [Les Tonnes] ...... *fûts de bois, emblème de la Cie des marchands de vin*

† *Les Whigs (libéraux) buvaient du punch, quand les Tories (conservateurs) préféraient le vin.*

Le "pub cricket" est un jeu imaginé pour tromper l'ennui durant les longs trajets en voiture. Chaque joueur prend une manche à tour de rôle, durant laquelle il marque un point par jambe ou par patte représentée sur chaque enseigne de pub repérée en chemin. Le joueur est "sorti", et passe la main au joueur suivant, s'il manque une enseigne repérée par un autre joueur ou bien s'il tombe sur une enseigne qui ne figure ni jambe ni patte.

NOURRITURES FATALES

LE ROI JEAN (1167–1216) · on lit souvent que Jean "sans Terre" est mort d'un "excès de PÊCHES et de CIDRE" ; il est plus probable qu'il mourut de la dysenterie. Dans *Le Roi Jean*, Shakespeare le fait périr empoisonné : "Un enfer brûle en moi ; / Là le poison, tel un démon, est enfermé / Pour tourmenter un sang condamné sans sursis."

GABRIELLE D'ESTRÉES (1573–1599) · maîtresse du roi Henri IV, morte après avoir mangé une ORANGE.

GEORGE, DUC DE CLARENCE (1449–1478) · secrètement exécuté dans la Tour de Londres sur ordre de son frère le roi Edouard IV ; on prétend qu'il fut noyé dans un tonneau de MALVOISIE, ou du moins qu'on y plongea son corps. Shakespeare fait allusion à cette histoire dans *Richard III*, où le meurtrier du duc s'exclame en le poignardant : "Prends ça ! et ça ! Et si tu n'as pas ton compte, / J'irai te noyer dans ce fût de malvoisie."

FRANCIS BACON (1561–1626) · le savant et philosophe attrapa une pneumonie en farcissant de neige un POULET pour une expérience sur la conservation des aliments. Le poulet se conserva mieux que Bacon qui mourut un mois plus tard.

COLMAN ITADACH · le "Moine assoiffé" qui, pour observer à la lettre la Règle de saint Patrick, refusa de boire la moindre goutte d'eau alors qu'il travaillait aux champs, et mourut de SOIF.

ALEXANDRE LITVINENKO (1962–2006) · ancien agent des services secrets russes machiavéliquement empoisonné avec des SUSHIS au polonium (^{210}Po).

ANACRÉON (*ca.* 570–485 av. notre ère) · poète lyrique grec qui s'étrangla avec un PÉPIN DE RAISIN.

THOMAS OTWAY (1652–1685) · poète et dramaturge, auteur de *Venise sauvée* (1682). Réduit à la misère, Otway reçut une aumône d'une guinée ; il acheta une miche de PAIN et mourut en s'étouffant avec la première bouchée.

QUINTUS FABIUS MAXIMUS (*fl.* 200 av. notre ère) · préteur romain mort suffoqué en trouvant un poil de chèvre dans son écuelle de LAIT.

GEORGE W. BUSH · 43e président des États-Unis, qui le 13 janvier 2002 à 17h 35 perdit conscience durant quelques secondes après s'être étouffé avec un BRETZEL.

TYCHO BRAHÉ (1546–1601) · l'astronome danois serait mort, selon la légende, d'un éclatement de la vessie pour avoir bu trop de VIN lors d'un dîner avec l'empereur Rodolphe II. Malgré l'envie de plus en plus pressante, il aurait eu, semble-t-il, trop peur de contrevenir à l'étiquette pour oser se lever de table.

[Voir : Vatel, p. 101 ; Fugu, p. 138 ; Champignons vénéneux, p. 142]

POULET DU COURONNEMENT & DU JUBILÉ

La recette du *Poulet du Couronnement (Coronation Chicken)* fut imaginée en 1953 par Constance Spry et Rosemary Hume pour le couronnement de la reine Élisabeth II. En fait, le plat (du poulet froid avec une sauce à la crème et au curry, accompagné d'une salade de riz, de pois gourmands et de fines herbes) ne fut pas servi au banquet du couronnement†, mais un peu plus tard, à un déjeuner pour les chefs d'État du Commonwealth. En 2002, à l'occasion du jubilé de la reine, un concours fut organisé entre les chefs royaux pour créer une version renouvelée de cette recette classique. Le vainqueur (choisi par la reine) fut le chef Lionel Mann, dont le *Poulet du Jubilé (Jubilee Chicken)* est également servi froid, mais avec de la crème fraîche, du gingembre et du citron vert, accompagné d'une salade de pâtes.

† Au menu du lunch du banquet du couronnement servi à Buckingham Palace :
Consommé royal · Filet de bœuf à la Mascotte · Salade · Glace à la mangue

GOURMANDISE

De tous les péchés capitaux que l'homme peut commettre, le cinquième est celui qui paraît charger le plus légèrement sa conscience, et lui donner le moins de remords.

— GRIMOD DE LA REYNIÈRE

Thomas d'Aquin énumère 5 façons de commettre le péché de gourmandise :

praepropere.......... en mangeant avant d'avoir faim
laute................ en mangeant trop fastueusement
nimis................ en mangeant trop copieusement
ardenter............. en mangeant avec trop d'avidité
studiose......... en mangeant avec trop de recherche

Selon Aristote, Philoxène regrettait de n'avoir pas le cou d'une grue pour savourer la nourriture plus longtemps avant qu'elle n'atteigne son estomac.

IMAM ÉVANOUI

Les aubergines à la turque, farcies avec des oignons, des tomates et de l'ail puis sautées dans un bain d'huile d'olive, sont baptisées *Imam bayıldı* : ce qui signifie littéralement "l'imam s'est évanoui". De nombreuses légendes tentent d'expliquer ce nom curieux. Selon certaines, l'imam serait tombé en pâmoison en humant ou en goûtant ce plat délicieux ; selon d'autres il se serait évanoui en découvrant la quantité et le coût de l'huile d'olive utilisée.

ASTUCES CULINAIRES & MÉNAGÈRES

Faire partir les taches de fruits
Verser de l'eau bouillante sur les taches en la faisant tomber d'une hauteur d'un mètre. On préférera cette méthode à d'autres, comme par exemple plonger le linge taché dans de l'eau froide, l'essorer et l'étendre dehors par une nuit de gel.

Chauffer le lait sans le faire bouillir
Placer le lait dans une casserole bain-marie. Couvrir, et laisser sur le feu jusqu'à ce que le lait prenne un aspect nacré sur les bords de la casserole.

Faire partir les taches de vin rouge
Étaler tout de suite du sel sur la tache. Laisser agir quelques minutes puis rincer à l'eau froide.

Caraméliser du sucre
Mettre le sucre dans une casserole ou une poêle à fond lisse ; chauffer à feu moyen en remuant sans cesse jusqu'à ce que le sucre fonde et prenne une couleur de sirop d'érable. Veiller à ce qu'il n'attache pas à la casserole ou à la poêle.

Nettoyer vitres & miroirs
Frotter avec une peau de chamois trempée dans de l'eau chaude et essorée ; essuyer avec une peau de chamois sèche. Cette méthode épargne beaucoup d'efforts.

Dissoudre la rouille
Imprégner la surface rouillée de jus de citron, puis couvrir de sel et laisser agir quelques heures au soleil. On peut aussi utiliser une solution d'acide chlorhydrique.

Épaissir une moustache
Mélanger en parts égales de la teinture de cantharide, de la teinture de capsicum et de l'eau de rose. Frictionner la moustache avec cette lotion matin et soir.

Dissiper l'odeur du cigare
Faire brûler un peu de café dans une cassolette et la promener dans les pièces où l'on a fumé le cigare.

Blanchir des plumes d'autruche
Émietter 100 g de savon et faire dissoudre ces paillettes dans deux litres d'eau chaude. Remuer jusqu'à obtenir une solution mousseuse. Y plonger les plumes et bien les frictionner, à la main, pendant 5–6 minutes. Les rincer avec de l'eau claire, aussi chaude que possible, puis les secouer au devant du feu jusqu'à ce qu'elles soient sèches.

Écarter les odeurs indésirables
Le lait et le beurre ont tendance à absorber très rapidement les odeurs d'autres aliments ; au réfrigérateur, les conserver dans des récipients hermétiques.

Exprimer le jus d'un oignon
Ôter la première pelure de l'oignon, l'équeuter et presser l'extrémité coupée contre une grosse rape en imprimant à l'oignon un mouvement circulaire.

Faire fuir les souris
Les souris détestent l'odeur de la menthe poivrée ; un peu d'essence de menthe répandue autour de leurs retraites devrait éloigner le fléau.

ASTUCES CULINAIRES & MÉNAGÈRES (suite)

Éviter que le sel ne s'agglutine
Additionner le sel d'amidon, à raison d'une cuillère d'amidon pour six cuillères de sel.

Faire partir une odeur de poisson
Frotter un citron sur les couteaux et les fourchettes fera disparaître l'odeur de poisson.

Balayer les tapis
Tenir le balai tout près du sol et brosser dans le sens des fibres. Ne pas oublier de tourner le balai de temps à autre pour qu'il s'use de façon égale.

Nettoyer les touches de piano
Frotter doucement avec de l'alcool.

Parfumer du papier à lettres
Se procurer une ramette de papier buvard et vaporiser sur chaque feuille le parfum désiré. Laisser sécher, puis intercaler les feuilles de papier à lettres et les enveloppes entre les buvards ; presser pendant quelques heures. (Le buvard parfumé peut être réutilisé plusieurs fois.)

[L'auteur n'a testé et ne saurait garantir aucune de ces recettes – dont certaines paraissent à tout le moins curieuses.]

COULEURS DE CAPSULE

En France, chaque bouteille de vin est coiffée d'une capsule frappée du profil de Marianne qui atteste que les droits fiscaux de transport du vin ont été acquittés : on l'appelle "capsule-congé" ou "capsule représentative des droits" (C.R.D.). Sa couleur indique la catégorie du vin selon le code suivant :

Verte .... vin A.O.C., V.D.Q.S., V.Q.P.R.D.†
Bleue.. vin de pays, vin de table
Orange......... produits intermédiaires : vin doux naturel, vin de liqueur
Rouge.................................... rhum traditionnel des D.O.M.
Blanche .... autres alcools
Grise .... autres produits intermédiaires : ratafia

† *Appellation d'Origine Contrôlée · Vin De Qualité Supérieure*
Vin De Qualité Produit dans une Région Déterminée

La capsule indique aussi le numéro du département où le vin a été mis en bouteille, ainsi que le numéro d'identification du récoltant, de l'éleveur ou du négociant si le producteur n'a pas assuré lui-même la mise en bouteilles.

POT POURRI

"Pot pourri" est la traduction littérale du castillan *olla podrida,* pot-au-feu associant viandes, volailles & légumes mijotés dans une grande marmite.

TRIANGLES DE TOBLERONE

Chaque barre de chocolat Toblerone a un nombre spécifique de triangles :

taille	*triangles*
mini	3
35 g	9
50 g	11
75 g	11
100 g (& 4,5 kg)	12
200 g	15
400 g	15
750 g	17

RECRACHER LA NOURRITURE

Que faire des os, arêtes & noyaux

Écailles de tortue, pépins de raisin et arêtes doivent être parfaitement nettoyés dans la bouche et retirés un par un entre le pouce et l'index. Il est répugnant de recracher os et noyaux directement dans l'assiette. Si la nourriture est trop chaude, buvez une gorgée d'eau ; ne la recrachez à aucun prix ! Une fois la nourriture dans la bouche, il faut l'avaler, quelque dégoût que l'on en ait. Retirer quoi que ce soit de sa bouche, hormis os et noyaux, est impardonnable ; le recracher, même dans un coin de sa serviette, trop dégoûtant pour qu'on s'y arrête… Il n'y a qu'une façon de retirer quelque chose de sa bouche : entre le pouce et l'index. Pépins de raisin et noyaux de cerise peuvent être déposés du bout des lèvres dans le creux de la main. Les pêches et autres fruits juteux doivent être pelés et mangés avec la fourchette et le couteau ; les fruits moins juteux peuvent être épluchés et mangés avec les doigts. N'essuyez jamais vos doigts poissés de jus de fruit avec votre serviette sans avoir d'abord utilisé un rince-doigts : les taches sont indélébiles.

— EMILY POST, *Etiquette In Society*, 1922

LUNE DE MIEL

L'expression "lune de miel" est calquée sur l'anglais *honeymoon*. Dans son *Dictionnaire* (1755), Samuel Johnson en donne la définition suivante : "Le premier mois après le mariage, où tout n'est que tendresse & délice." Selon l'*Oxford English Dictionary*, la métaphore viendrait de ce que, chez les jeunes mariés, l'amour croît et décroît comme les quartiers de la lune. D'autres prétendent que la lune de miel dérive d'une ancienne tradition germanique, qui voulait que les jeunes mariés boivent de l'hydromel (vin de miel, ou *metheglin*) pendant les trente jours suivant leur union avec l'espoir que le breuvage augmente leur fertilité. On prétend qu'Attila (*ca.* 406–453) serait mort d'une hémorragie nasale juste après son mariage avec Ildico à la suite d'un abus de *metheglin* lors de la cérémonie. [L'équivalent allemand est splendide : *Flitterwochen* – à peu près : les *semaines étincelantes*.]

QUELQUES GARNITURES & APPRÊTS

DÉNOMINATION	PRINCIPAUX INGRÉDIENTS
À l'africaine	*pommes de terre, concombres, aubergines, courgettes*
À l'algérienne	*croquettes de patates douces, tomates*
À l'alsacienne	*choucroute, jambon, poitrine salée, saucisses de Strasbourg*
À l'anversoise	*pousses de houblon au beurre ou à la crème*
À la basquaise	*tomate, poivron, ail, jambon de Bayonne*
À la Beauharnais	*artichauts, champignons farcis, estragon*
À la biarrotte	*cèpes, galettes de pommes de terre*
À la boulangère	*pommes de terre, oignons émincés, beurre*
À la bourguignonne	*vin rouge, échalottes, champignons de Paris, lardons*
À la brabançonne	*chicons, genièvre ou bière brune*
À la bretonne	*haricots blancs*
À la catalane	*aubergines, tomates, riz (peut varier)*
À la châtelaine	*fonds d'artichaut, marrons*
À la Conti	*purée de lentilles, lard*
À la Cussy	*fonds d'artichaut, purée de champignon, truffe, rognons de coq*
À la Du Barry	*pommes château, fromage râpé, chou-fleur sauce Mornay*
À la favorite [rôti]	*fonds d'artichaut, cœurs de céleri, pommes de terre*
À la favorite [entrecôte]	*pointes d'asperge, escalopes de foie gras, truffe*
À la fermière	*légumes au beurre : carottes, oignons, navets, céleri, etc.*
À la forestière	*champignons (girolles, morilles...), lardons, pommes de terre*
À la hongroise	*paprika, oignons, vin blanc, crème, ingrédients variés*
À la jardinière	*légumes de printemps : carottes, navets, haricots verts, etc.*
À la landaise	*jambon de Bayonne, cèpes, graisse d'oie*
À la languedocienne	*cèpes, aubergines, fondue de tomate à l'ail*
À la limousine	*chou rouge, cèpes, marrons*
À la lyonnaise	*oignons émincés sautés, persil*
À la maraîchère	*carottes, oignons, concombre, fonds d'artichaut*
À la marocaine	*riz au safran, courgettes, poivrons, coulis de tomate*
À la mascotte	*fonds d'artichaut, truffe, pommes cocotte*
À la niçoise	*tomates, anchois, olives, haricots verts, ail, ingrédients variés*
À l'orientale	*tomates farcies au riz pilaf (safrané), gombos, poivrons*
À la parisienne	*pommes de terre, fonds d'artichaut, laitues braisées*
À la portugaise	*apprêts où prédominent les tomates*
À la princesse	*pointes d'asperge (parfois à la sauce Béchamel), truffe*
À la printanière	*légumes de printemps au beurre*
À la provençale	*tomates, ail, olives, champignons ou aubergines*
À la sarde	*risotto, champignons & haricots ou concombres & tomates*
À la sarrasine	*galettes de sarrasin, tomate, poivron, oignons frits*
À la Tivoli	*pointes d'asperges, champignons, rognons de coq, sauce suprême*
À la tyrolienne	*tomates, oignons frits*
À la valencienne	*riz cuit au gras, poivrons, jambon cru*
À la zingara	*paprika, tomates, ingrédients variés*

FONCTIONS DES FLUIDES

Selon l'américaine Fannie Farmer (1857–1915), auteur du célèbre *Livre de cuisine de l'École culinaire de Boston*, les boissons peuvent remplir 7 fonctions :

Étancher la soif · Introduire de l'eau dans le métabolisme
Réguler la température du corps · Aider à l'élimination des résidus
Stimuler le système nerveux & certains organes
Nourrir · Usage médicinal

DOURIAN

Le dourian *(Durio zibethinus)* est un fruit tropical qui jouit d'une distinction toute particulière : il est banni de tout le réseau de transports de Singapour, ainsi que de nombreux hôtels et bâtiments publics. Cette interdiction s'explique par une raison simple : ce gros fruit ovale, hérissé de piquants (en malais, *dury* signifie piquant), dégage une odeur fétide, et si puissante qu'on a pu constater qu'elle se propageait même à travers les boîtes de conserve. Pour décrire l'odeur du dourian, le cuisinier américain Anthony Bourdain a recours à une comparaison frappante : "Ça sent un peu comme si vous aviez enterré quelqu'un serrant une roue de fromage de Stilton dans ses bras, et déterré le tout au bout de quelques semaines." Il semble cependant que le goût du dourian compense largement son odeur – pour citer encore Anthony Bourdain : "Imaginez un mélange de camembert, d'avocat et de gouda fumé. Bon, O.K., évitez : ce n'est pas une très bonne description… Le goût n'a rien à voir avec l'odeur ; c'est une saveur beaucoup moins prononcée, étrangement grisante." On consomme le dourian de diverses façons : cru, sous forme de gâteaux, de glaces, de confitures, de bonbons ; ou bien comme un légume, frit avec des oignons, du sel et du vinaigre, ou grillé, avec du lait de coco. Chaque fruit peut peser plus de 2 kg, et comme il n'est pas rare que l'arbre qui le porte atteigne les 30 m, les chutes de dourian peuvent être fatales. Alfred Wallace notait en 1869 :

> *Quand les dourians mûrissent, il en tombe presque toutes les heures, qui parfois blessent les personnes se promenant ou travaillant sous les arbres. Un dourian qui s'écrase sur quelqu'un cause une blessure atroce, avec son poids et ses grosses épines qui déchirent la chair ; mais pour ces raisons mêmes il entraîne rarement la mort, l'abondance du saignement prévenant l'infection qui surviendrait autrement.*

DÉLAI OPTIMAL DE CONSOMMATION

Œuf d'une heure · pain d'un jour · vin d'un an (Sagesse populaire)

HALÂL

Halâl (licite, permis) est un terme arabe employé pour qualifier la nourriture conforme aux prescriptions alimentaires de l'Islam. L'antonyme de *halâl* est *harâm* (illicite, proscrit) ; pour les aliments dont le statut est incertain, on emploie le terme *mechbouh* (douteux). Certaines catégories d'animaux sont systématiquement considérées comme *harâm*, entre autres :

les bêtes trouvées mortes · les bêtes étouffées ou étranglées
les bêtes assommées · les bêtes mortes d'une chute
les bêtes mortes d'un coup de corne · les bêtes tuées par une bête féroce
les bêtes qui n'ont pas été abattues en invoquant le nom d'Allah
le porc (et tous ses dérivés) · l'âne et le mulet
les animaux carnivores (loups, lions, etc.) · les oiseaux de proie (aigles, etc.)

Les animaux *halâl* comprennent les moutons, les chèvres, les bovins, les volailles, le lapin, le gibier, etc., pour peu qu'ils aient étés abattus selon la *zabihah* – ensemble de règles prescrites par la loi islamique, destinées à réduire au minimum la souffrance de l'animal et à préserver sa dignité. Plusieurs s'apparentent aux règles de l'abattage kascher chez les Juifs :

les animaux ne doivent subir aucune cruauté jusqu'à l'abattage
les animaux doivent être nourris avant l'abattage
les animaux ne doivent pas être aveuglés ni assommés
les animaux doivent être abattus par un musulman au nom d'Allah
aucun animal ne doit être abattu en présence d'un autre animal
les couteaux ne doivent pas être aiguisés en présence des animaux
les animaux doivent rester conscients au cours de l'abattage
les animaux doivent être abattus de façon rapide et professionnelle

Des règles complémentaires visent à assurer le respect du rituel, à prévenir toute contamination, et à régler plusieurs problèmes délicats liés entre autres aux usages médicaux de l'alcool, aux processus de fabrication de la nourriture industrielle, à la gélatine, au fromage et aux additifs alimentaires.

LA RESTAURATION EN FINLANDE

Baari .... snack bar, sans licence de vente de boissons alcoolisées
Grilli................. restaurants de grillades, très fréquentés au déjeuner
Kahvila .... café ou snack-bar servant des pâtisseries
Kahvio.. cafétéria self-service
Krouvi .... bistrot
Ravintola.. restaurant
Yökhero .... night-club

LES MEILLEURS RESTAURANTS AU DÉBUT DU XXe SIÈCLE

De l'avis du journaliste américain Damon Runyon (1884-1946), les cinq meilleurs restaurants au monde avant la première guerre mondiale étaient :

Delmonico *(New York)* · Voisin *(Paris)* · Hôtel Adlon *(Berlin)*
Wolter *(Nancy)* · Hôtel Savoy *(Londres)*

-PHAGE / -IVORE

Adjectif	*se nourrit de*
anthropophage	chair humaine
autophage	soi-même
bactériophage	bactéries
bibliophage	livres
coprophage	excréments
créophage	chair
entomophage	insectes
euryphage	aliments variés
galactophage	lait
géophage	terre
hippophage	viande de cheval
ichtyophage	poisson
lithophage	pierre, rocher
mallophage	pelage, cuir chevelu
mélophage	mouton
myrmécophage	fourmis
nécrophage	cadavres
omophage	chair crue
onychophage	ongles
ophiophage	serpents
phyllophage	feuilles
phytophage	végétaux
rhizophage	racines
saprophage	matières putréfiées
sténophage	un seul aliment
théophage†	Dieu
xylophage	bois
zéophage	maïs
zoophage	animaux

† catholique communiant *(plaisanterie révolutionnaire)*

Adjectif	*se nourrit de*
aurivore‡	or
baccivore	baies
carnivore	viande, chair, animaux
[cultrivore	avaleur de couteaux]
détritivore	détritus organiques
folivore	feuilles, feuillage
fructivore	fruits
fongivore	champignons
graminivore	herbes
granivore	grains & graines
herbivore	végétaux
insectivore	insectes
lactivore	lait
larvivore	larves
lichenivore	lichen
mellivore	miel
nectarivore	nectar
nucivore	noix
omnivore	tout
oryzivore	riz
ossivore	os
ovivore	œufs
papivore	papier
piscivore	poisson
pollinivore	pollen
ranivore	grenouilles
sanguivore	sang
séminivore	graines
vermivore	vers & larves

‡ *"L'homme est un animal aurivore."* Horace Walpole

SAKÉ

Au Japon, le mot *saké* désigne toute boisson alcoolisée en général, et en particulier un alcool de riz fermenté plus communément appelé *seishu* ou *nihonshu.* On produit du saké depuis l'an 300 environ ; depuis lors – et malgré d'éphémères lois en prohibant la production et la consommation – le saké est devenu un élément central de l'art de vivre et de la culture du Japon. Il en existe de nombreuses sortes, du *ginjoshu* de qualité supérieure aux *jizake* locaux, sans oublier le *doburoku* distillé (clandestinement) à domicile. On trouve par ailleurs du saké doux *(amakuchi)*, sec *(karakuchi)*, pétillant, ou encore non filtré *(nigorizake)* – avec une variété d'arômes qui n'a rien à envier à celle du vin. La température à laquelle il convient de servir le saké a fait l'objet de controverses. Traditionnellement on buvait le saké tiède, après l'avoir chauffé dans une bouteille en terre cuite *(tokkuri)* jusqu'à 50°C environ ; mais avec l'amélioration de la qualité, la mode est née de boire le saké frappé. Pour le public occidental, la question a été définitivement tranchée par James Bond dans *On ne vit que deux fois :*

"Tigre" Tanaka – *Aimez-vous le saké, M. Bond ?*
Ou vous préférez une Vodka Martini ?

James Bond – *Ah non, j'adore le saké, et spécialement servi*
à la bonne température – exactement à 36°6 comme celui-ci.

"Tigre" Tanaka – *Pour un Européen, votre culture est exceptionnelle.*

TRIMALCHION ET LA CONSTIPATION

Trimalchion : "Pardonnez-moi, mes amis, mais voici plusieurs jours que mon ventre ne m'obéit plus. Les médecins n'y comprennent rien. J'ai tout de même été soulagé par de l'écorce de grenade et une infusion de pin au vinaigre. J'espère que mes entrailles retrouveront bientôt leur docilité d'autrefois ; sinon mon estomac gargouille comme taureau qui mugit. … Je ne connais pas de plus grand supplice que de se retenir ; c'est la seule chose que Jupiter même ne saurait empêcher. … Moi, même à table, je n'empêche personne de se soulager ; d'ailleurs, les médecins défendent qu'on se retienne. Croyez-moi : quand les vents vous remontent au cerveau, tout le corps en est infecté. J'en connais plus d'un qui est mort de n'avoir pas voulu dire franchement ce qui le tourmentait."

Le Banquet de Trimalchion dans *Le Satyricon* de Pétrone (*ca.* -66)

Selon Suétone, l'empereur Claude lui-même "aurait médité un décret autorisant à lâcher à table vents et pets, pour avoir entendu dire qu'un homme qui s'était retenu par politesse en était mort".

QUATRE-FRUITS

La formule *quatre-fruits* désigne les quatre fruits rouges d'été traditionnellement associés pour confectionner confitures, sirops et compotes :

fraises · groseilles · cerises · framboises

Les *quatre-fruits jaunes* employés aux mêmes préparations sont les suivants :

citrons · cédrats · oranges · oranges amères de Séville

CUISSES DE GRENOUILLE

Il existe de nombreuses manières de préparer les cuisses de grenouille. Au Liban, on les fait mariner dans de l'huile d'olive assaisonnée de sel, de poivre et d'ail, et l'on utilise cette marinade pour arroser les cuisses après les avoir fait griller sur du charbon de bois ; on rencontre en Espagne une recette analogue, si ce n'est qu'on les arrose de beurre fondu. En France, entre beaucoup d'autres, les recettes les plus courantes sont les suivantes :

Grenouilles à la meunière
cuisses assaisonnées, farinées et poêlées au beurre, arrosées de jus de citron et de beurre persillé.

Grenouilles à la provençale†
cuisses frites à l'huile d'olive auxquelles on ajoute de l'ail pilé, du persil, du sel et du poivre.

Grenouilles à la lyonnaise
cuisses sautées au beurre avec des oignons émincés, servies avec une sauce au persil et au vinaigre.

Grenouilles à la niçoise
cuisses dorées au beurre puis sautées avec des tomates, des oignons, de l'ail, de l'estragon et du piment.

† La recette préférée du pape Pie IV (1499–1565), selon le cuisinier Bartolomeo Scappi.

COULEURS DE SMARTIES

En 1937, Rowntree & Co. lançait les *Chocolate Beans* (haricots en chocolat), rebaptisés *Smarties* l'année suivante, et déclinés depuis en dix couleurs :

rouge · jaune · orange · vert · violet · rose · beige · marron · bleu · blanc

Les *Smarties* oranges sont les plus populaires. Les *Smarties* beiges, parfumés au café jusqu'en 1958, ont été remplacés en 1989 par les *Smarties* bleus ; lesquels ont eux-mêmes été remplacés par les *Smarties* blancs en 2006 suite à la décision de la marque de ne plus utiliser de colorants artificiels.

HIPPOPHAGIE : MANGER DU CHEVAL

Les pays sont nombreux où l'on pratique de longue date l'hippophagie, autrement dit la consommation de viande de cheval *(Equus caballus)* : la Belgique, la Suède, la Chine, le Japon, l'Inde, les pays d'Amérique du Sud. En France, manger du cheval fut interdit jusqu'en 1811, date à laquelle plusieurs avis autorisés (celui notamment du pharmacien de Napoléon) persuadèrent le législateur d'amender la loi. Peut-être l'expérience des guerres napoléoniennes, où beaucoup de soldats avaient survécu en mangeant les chevaux de l'armée, avait-elle contribué à faire changer l'opinion. Après la levée de l'interdiction, des banquets chevalins furent organisés pour convaincre le public que cette viande était délicieuse. Le 1er décembre 1855, onze VIP (journalistes, médecins, hauts fonctionnaires) furent conviés à une dégustation comparée : on servit côte à côte une série de plats identiques, préparés par le même chef avec des morceaux équivalents taillés dans un bœuf et dans un cheval âgé de 22 ans. Le verdict fut unanime en faveur de la viande chevaline. L'un des dégustateurs, le Dr. Amédée Latour, déclara :

Bouillon de cheval
Surprise générale ! C'est parfait,
c'est excellent, c'est nourri,
c'est corsé, c'est aromatique,
c'est riche de goût.

Le bouillon de bœuf est bon,
mais comparativement inférieur,
moins accentué de goût,
moins parfumé,
moins résistant de sapidité.

Sans doute à cause de leur attachement pour les chevaux, les Britanniques ont longtemps eu pour l'hippophagie une aversion innée. Le premier banquet chevalin organisé en Grande-Bretagne se tint le 19 décembre 1867 à Londres, à l'Hôtel St. James. Figuraient au menu, composé par Francatelli :

Le Consommé de Cheval aux Quenelles
Les Saucisses de Cheval aux Pistaches
La Culotte de Cheval braisée aux Choux

QUELQUES MOTS DE CUISINE THAÏ

Kaeng .... curry
Tom .... soupe
Khao suay .... riz vapeur
Khao phad .... riz sauté
Khao niaw .... riz gluant
Neua .... bœuf
Muu .... porc
Kai .... poulet
Khai .... œuf
Ka-ti .... extrait de noix de coco
Plaa .... poisson
Phet .... épicé ; chaud
Kung .... crevettes
Kuaytiaw .... nouilles
Manao .... citron vert
Yam .... salade
Naam sii-yu .... sauce de soja
Khing .... gingembre

CIGAR AFICIONADOS

Quelques célébrités qui ont fait la couverture du magazine *Cigar Aficionado* :

Linda Evangelista	Michael Douglas	Raquel Welch
Jack Nicholson	Chuck Norris	Rudolph Giuliani
Matt Dillon	John F. Kennedy	Kevin Spacey
Demi Moore	John Travolta	Don Johnson
A. Schwarzenegger	Ernest Hemingway	Winston Churchill
Bill Murray	J.P. Morgan	Fidel Castro
Claudia Schiffer	Bo Derek	The Sopranos
Pierce Brosnan	Gene Hackman	Tom Selleck
Denzel Washington	Kevin Costner	Groucho Marx
Sylvester Stallone	Dennis Hopper	Danny DeVito

PLAN DE TABLE D'UNE FAMILLE AMISH

LA MÈRE *Les filles, de la plus jeune à la plus âgée*

LE PÈRE

Les garçons, du plus jeune au plus âgé

FESTIN DES PAUVRES

Chef réputé du Reform Club de Londres, Alexis Soyer (1810-1858) consacra la fin de sa vie aux déshérités : il ouvrit pour eux des cantines à Londres et à Dublin, publia des ouvrages intitulés *Le Régénérateur du pauvre* ou *La Cuisine pour un shilling*, et organisa à Londres en 1852 un banquet de Noël où – au son des "valses, polkas et airs joyeux" – 22 000 "pauvres d'entre les pauvres" furent régalés avec les victuailles dont voici la liste :

Viandes rôties	9 000 livres	Gâteaux	50
Tourtes au bœuf	178	Pains de 2 livres	6 000
Tourtes au porc et au mouton	50	Biscuits	1 tonneau
Pâtés de lièvre en croûte	50	Marrons d'Espagne	1 boisseau
Pâtés de lapin en croûte	60	Châtaignes	18 boisseaux
Oies rôties	20	Oranges	6 caisses
Bœuf entier†	1	Thé	6 000 onces
Pommes de terre	3 300 livres	Café	9 000 onces
Bière brune	5 000 pintes	Sucre	2 500 livres
Plum-pudding	5 000 livres		

† offert par la Western Gas Company

MANGER LE ZOO

En 1870, durant le siège de Paris, le zoo du Jardin des Plantes fut contraint de vendre les animaux qu'il n'était plus en mesure de nourrir. Quelques restaurateurs, qui en étaient réduits à servir du rat à leur clientèle, achetèrent tout ce qu'ils trouvèrent dans les cages. Voici par exemple le menu, composé par Bellanger, servi chez Voisin le jour de Noël – 99e jour du siège :

Beurre, radis, sardines
Tête d'âne farcie
Purée de haricots rouges aux croutons
Consommé d'éléphant
Goujons frits
Le chameau rôti à l'Anglaise
Le civet de kangourou
Côtes d'ours rôties sauce poivrade
Cuissot de loup, sauce chevreuil
Le chat flanqué de rats
Salade de cresson
La terrine d'antilope aux truffes
Cèpes à la Bordelaise
Petits pois au beurre
Gâteau de riz aux confitures
Fromage de Gruyère

VINS : Xérès · Latour Blanche 1861 · Château Palmer 1864
Mouton Rothschild 1846 · Romanée Conti 1858
Bollinger frappé · Grand Porto 1827 · Café & liqueurs

Albert D. Vandam, un journaliste présent à Paris durant tout le siège, a évoqué ses expériences culinaires dans son livre *Un Anglais à Paris* (*ca.* 1897) :

> *J'ai mangé de la chair d'éléphant, de loup, de casoar, de porc-épic, d'ours, de kangourou, de rat, de chat, de cheval… C'est le propriétaire de la Boucherie anglaise, M. Debos, qui n'était nullement anglais, qui m'a procuré la plupart de ces viandes insolites : il avait acheté presque tous les animaux du jardin zoologique à des prix astronomiques. … Les éléphants avaient été cédés à M. Debos pour 27 000 francs.*

WHISKY, WHISKEY & USQUEBAUGH

Le mot *whisky* dérive du gaëlique *usquebaugh,* qui signifie littéralement "eau de vie" : *uisge* – eau ; *beatha* – vie. En Écosse on utilise l'orthographe *whisky,* tandis que l'on écrit plutôt *whiskey* en Irlande et aux États-Unis.

LISTES DE PROVISIONS

À la fin du XIVe siècle, *Le Mesnagier de Paris* dresse une liste des denrées nécessaires à l'approvisionnement de la table d'un riche bourgeois parisien :

BOULANGER

10 douzaines de pain blanc · pain plat cuit d'un jour · 3 douzaines de pains de tranchoir

BOUCHER

½ mouton · 1 quartier de lard · le maître os d'un jarret de bœuf 1 quartier de veau 1 jarret de veau 1 carré de venaison d'un pied de côté

MARCHAND D'OUBLIES

1 douzaine ½ de gaufres fourrées 1 douzaine ½ de gros bâtons 1 douzaine ½ de portes · 1 centaine de galettes sucrées

ÉPICIER

10 livres d'amandes 3 livres de froment 1 livre de poudre de gingembre · 1 quarteron de gingembre ½ livre de cannelle 2 livres de riz · 2 livres de sucre · 1 once de safran · 1 quarteron de clous de girofle & de graines de paradis ½ quarteron de poivre ½ quarteron de garingal · ½ quarteron de macis · ½ quarteron de feuilles de laurier 2 livres de bougies 6 torches · 6 flambeaux 1 livre d'orangeats · 1 livre de citrons · 1 livre d'anis · 1 livre de sucre rosat · 3 livres de dragée 3 quartes d'hypocras

MARCHAND DE VIN

3 sortes de vin

MARCHAND DE VOLAILLES

20 chapons · 20 oisons 50 poussins 12 paires de pigeons 50 lapereaux 1 cochon maigre 5 chevreaux

AUX HALLES

3 douzaines de pains 3 grenades · 50 oranges 6 fromages frais 1 fromage fait · 300 œufs · oseille, sauge, persil · 200 pommes 2 balais & une pelle

À LA PIERRE AU LAIT

1 setier de bon lait non écrémé & sans eau

Six siècles plus tard, dans *La Vie matérielle* (1987), Marguerite Duras écrit : "À Neauphle-le-Château, j'avais fait une liste des produits qu'il fallait toujours avoir à la maison. On a gardé cette liste, elle est toujours là, parce que c'était moi qui l'avais écrite. Elle est toujours exhaustive." La voici :

sel fin
poivre
sucre
café
vin
pommes de terre
pâtes
riz
huile
vinaigre
oignons
ail
lait
beurre
thé
farine
œufs
tomates pelées
gros sel
nescafé
nuoc mâm
pain
fromages
yaourts
mir
papier hygiénique
ampoules électriques
scotch brite
savon de Marseille
javel
lessive (mains)
spontex
ajax
éponge métallique
filtres papier café
plombs électricité
chatterton

LA MODESTE PROPOSITION DE SWIFT

Une modeste proposition pour empêcher les enfants des pauvres en Irlande d'être à charge à leurs parents ou à leur pays et pour les rendre utiles au public (1729) est un pamphlet dans lequel Jonathan Swift dénonce avec virulence la misère de l'Irlande sous la domination anglaise. Ce classique de la littérature satirique et de l'humour noir prend la forme d'un simple avis :

> *Un Américain de ma connaissance, homme très entendu, m'a certifié à Londres qu'un jeune enfant bien sain, bien nourri, est, à l'âge d'un an, un aliment délicieux, très nourrissant et très sain, bouilli, rôti, à l'étuvée ou au four, et je ne mets pas en doute qu'il ne puisse également servir en fricassée ou en ragoût. … Un enfant fera deux plats dans un repas d'amis ; et quand la famille dîne seule, le train de devant ou de derrière fera un plat raisonnable, et assaisonné avec un peu de poivre et de sel, sera très bon bouilli le quatrième jour, spécialement en hiver.*

TEMPÉRATURE D'ÉBULLITION DE L'EAU EN FONCTION DE L'ALTITUDE

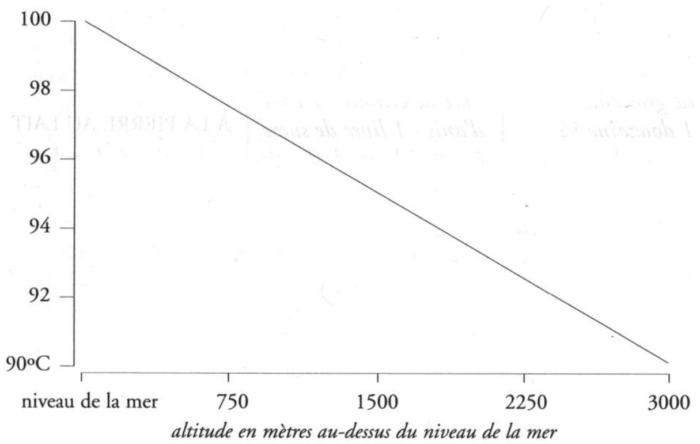

CONCENTRATION MICROBIENNE DANS LA VIANDE CRUE

concentration microbienne (au g)	*qualité*
10^2	excellente
10^4	bonne, qualité commerciale
10^6	impropre à la consommation
10^8	la viande sent mauvais
10^9	la viande est putréfiée

HAPPY BIRTHDAY, Mr. PRESIDENT

DÎNER POUR LE 45e ANNIVERSAIRE DE JOHN F. KENNEDY
19 mai 1962

Coquilles farcies au crabe

—

Velouté de poulet au blé tendre

—

Médaillons de bœuf au Madère
Carottes aux fines herbes · Champignons sauvages

—

Gâteau d'anniversaire présidentiel

Le dîner était donné au Four Seasons Restaurant de New York ; une *party* attendait ensuite les convives dans les Madison Square Gardens, où Marilyn Monroe chanta sa version enjôleuse de "Happy Birthday".

CORDON BLEU

Sous l'Ancien Régime, un Cordon Bleu était un chevalier de l'Ordre royal du Saint-Esprit : la croix de l'ordre était suspendue à un ruban de moire bleue, d'où ce surnom. Fondé par Henri III en 1578, l'ordre comptait seulement cent chevaliers ; c'était l'ordre de chevalerie le plus élevé sous les Bourbons. L'expression "cordon bleu" devint vite synonyme d'excellence en tous domaines, avant de caractériser spécifiquement l'excellence culinaire. On dispute de l'origine exacte de ce lien entre l'ordre et la cuisine : certains affirment qu'il vient d'une analogie flatteuse entre les rubans du tablier bleu de la cuisinière et le cordon des chevaliers ; d'autres prétendent que quelques chevaliers réputés fins gourmets (comme le comte d'Olonne) ont inspiré l'expression "c'est un vrai repas de cordon bleu". De nos jours, la formule renvoie plutôt à l'école de cuisine Le Cordon Bleu, fondée à Paris en 1895.

CALENDRIER ÉPICURIEN

Variation culinaire et humoristique sur le calendrier révolutionnaire :

Janvier	*Marronglaçaire*	Juillet	*Melonial*
Février	*Harengsauridor*	Août	*Raisinose*
Mars	*Œufalacoquidor*	Septembre	*Huîtrose*
Avril	*Petitpoisidor*	Octobre	*Bécassinose*
Mai	*Aspergial*	Novembre	*Pommedetaire*
Juin	*Concombrial*	Décembre	*Boudinaire*

VITAMINES & MINÉRAUX

		isolée en	*meilleures sources naturelles*	*une carence peut entraîner*	*apport journalier (mg)* ♂	♀
Vitamines hydrosolubles						
B1	*thiamine*	1912	viandes, céréales complètes	béribéri, dépression, polynévrites	1,4	1,0
B2	*riboflavine*	1933	lait, œufs, légumes verts	rougeur des yeux, lésions cutanées	1,3	1,1
B3	*nicotinamide*	1867	bœuf, porc, poulet, céréales	pellagre, diarrhée, dépression	17,0	13,0
B5	*acide pantothénique*	1933	foie, levure, céréales	fatigue, mauvaise cicatrisation	6,0	6,0
B6	*pyridoxine, etc.*	1934	pommes de terre, noix, foie	fatigue, insomnie, dépression	1,4	1,2
B9	*folate, acide folique*	1941	légumes verts, pois chiches	anémie, infections, enfants anormaux ?	0,2	0,2†
B12	*cobalamine*	1948	viandes, poissons, crustacés	anémie, irritabilité	0,0015	0,0015
C	*acide ascorbique*	1932	fruits, légumes	scorbut, anémie, hématomes	40,0	40,0
Vitamines liposolubles						
A	*rétinol*	1931	poisson, foie, produits laitiers	troubles de la vision nocturne	0,7	0,6
D	*calciférol, etc.*	1936	huiles de poisson, œufs, soleil	rachitisme, ostéomalacie	variable	variable
E	*tocophérol, etc.*	1922	huiles végétales, noix, graines	anémie	4,0	3,0
K	*phylloquinone, etc.*	1934	légumes verts, céréales	syndrome hémorragique	0,001	0,001
Minéraux *ou* oligo-éléments						
Calcium (Ca)		1808	lait, fromage, légumes verts	fragilité osseuse, ostéoporose	700	700
Fer (Fe)		—	viandes, foie, légumes verts	anémie	6,7	11,4
Magnésium (Mg)		1828	légumes à feuilles vertes, noix	dépression, crampes	300	270
Phosphore (P)		1674	viande rouge, laitages, poisson	perte d'appétit, fragilité osseuse	550	550
Potassium (Na)		1807	bananes, légumes secs	diarrhée, vomissements, asthénie	3 500	3 500
Chlorure de sodium (NaCl)		—	sel, aliments salés, *junk food*	déshydration, crampes	< 6 000	< 6 000

Apport journalier recommandé pour un adulte en bonne santé · † Un apport plus élevé est recommandé durant la grossesse. En cas de doute, consultez un médecin.

SALADE À L'ESPAGNOLE

Selon un proverbe espagnol, pour assaisonner au mieux la salade, il faut :

un AVARE	pour le vinaigre	un SAGE	pour le sel
un PRODIGUE	pour l'huile	un FOU	pour la remuer

QUELQUES SAUCES

SAUCE	DESCRIPTION, INGRÉDIENTS CARACTÉRISTIQUES
aigre-douce	*raisins, sucre, vinaigre, vin blanc, échalote, demi-glace, câpres*
aïoli	*mayonnaise, ail*
béarnaise	*jaunes d'œufs, réduction de vinaigre, beurre, échalotes, estragon*
Béchamel	*sauce blanche au beurre, à la farine & au lait*
bolognaise	*bœuf haché, tomates, oignon, ail, céleri, fines herbes, sauge*
chasseur	*champignons (mousserons), échalotes, tomates, vin blanc*
Cumberland	*échalote, gelée de groseille, porto, zeste et jus d'orange & citron*
demi-glace	*réduction d'un fond brun clair de veau, Madère*
gribiche	*œuf dur, huile, vinaigre, câpres, cornichons, persil, cerfeuil, estragon*
hollandaise	*émulsion de beurre clarifié & de jaune d'œuf, jus de citron*
mayonnaise	*émulsion de jaune d'œuf & d'huile, vinaigre, moutarde*
Nantua	*roux, crème, beurre d'écrevisse, cognac, truffe*
pesto	*basilic, ail, pignons, parmesan, huile d'olive*
ravigote	*vinaigrette, oignons blancs, câpres, cornichons, fines herbes*
rémoulade	*mayonnaise, moutarde, cornichons, câpres, fines herbes, anchois*
velouté	*fond de veau, fond de volaille ou fumet de poisson, lié avec un roux*

DIGESTION

L'Encyclopédie Ogilvie des informations utiles (1898) donne le temps nécessaire pour digérer divers aliments – informations sans garantie scientifique :

riz	1 h	œufs (cuits)	3 h	fromage	3 h ½
lait (cru)	1 h ¼	bœuf (rôti)	3 h	navets (cuits)	3 h ½
pommes	1 h ½	pain (frais)	3 h ¼	volaille (rôtie)	4 h
œufs (crus)	1 h ½	carottes (cuites)	3 h ¼	chou	4 h ½
lait (bouilli)	2 h	beurre	3 h ½	veau (rôti)	5 h ½

AMBIGU

Au XVIIe siècle, on appelait *ambigu* un repas froid (par ex. une collation lors d'un bal) où l'on servait en même temps tous les mets, de l'entrée au dessert.

REPÈRES NUTRITIONNELS

Édictés en 2001 dans le cadre du Programme National Nutrition Santé :

FRUITS & LÉGUMES
au moins 5 par jour
à chaque repas, et en cas de petit creux · crus, cuits, nature ou préparés frais, surgelés ou en conserve

PAINS, CÉRÉALES, POMMES DE TERRE & LÉGUMES SECS
à chaque repas et selon l'appétit
favoriser les aliments céréaliers complets ou le pain bis
privilégier la variété

LAIT & PRODUITS LAITIERS
3 par jour
privilégier la variété · privilégier les fromages les plus riches en calcium, les moins gras et les moins salés

VIANDES & VOLAILLES, PRODUITS DE LA PÊCHE, ŒUFS
1 à 2 fois par jour
en quantité inférieure à celle de l'accompagnement · viandes : privilégier la variété des espèces et les morceaux les moins gras
poisson : au moins 2 fois par semaine

MATIÈRES GRASSES AJOUTÉES
limiter la consommation
privilégier les matières grasses végétales · favoriser la variété
limiter les graisses d'origine animale

PRODUITS SUCRÉS
limiter la consommation
attention aux boissons sucrées
attention aux aliments gras et sucrés à la fois (pâtisseries, crèmes desserts, chocolat, glaces)

BOISSONS
de l'eau à volonté
au cours et en dehors des repas
limiter les boissons sucrées
boissons alcoolisées : ne pas dépasser, par jour, 2 verres de vin (10 cl) pour les femmes† *et 3 pour les hommes*

† à l'exclusion des femmes enceintes auxquelles il est recommandé de s'abstenir de toute consommation d'alcool pendant la durée de la grossesse

SEL
limiter la consommation
préférer le sel iodé · ne pas resaler avant de goûter · réduire l'ajout de sel dans les eaux de cuisson
limiter les fromages et les charcuteries les plus salés et les produits apéritifs salés

ACTIVITÉ PHYSIQUE
au moins ½ heure par jour
à intégrer dans la vie quotidienne (marcher rapidement, monter les escaliers, faire du vélo…)

HUÎTRES DE PRAIRIE

Comme la plupart des abats (voir p. 70), les testicules ne figurent dans les menus que sous de délicats euphémismes : *rognons blancs, animelles* ou *frivolités* en France ; *stones* ou *fries* en Angleterre ; *criadillas* en Espagne ; *granelli* en Italie ; *Stierheberl* en Allemagne ; *prairie oysters* aux États-Unis.

QUANTITÉ PAR LIVRE

Estimation de la quantité de quelques fruits et légumes dans une livre :

dourian	¼
pamplemousse	1
poivron (gros)	1
bananes (moyennes)	2–3
poires (moyennes)	2–3
pommes (moyennes)	3–4
bananes (petites)	3–4
oignons (moyens)	3–4
pêches (moyennes)	4–5
carottes (moyennes)	5–7
tomates (moyennes)	6–7
prunes (moyennes)	10
abricots	15–18
dattes	20
fraises	30–35
champignons de Paris	35
cerises	35–40
haricots mangetout	140

MANŒUVRE DE HEIMLICH

La manœuvre de Heimlich, inventée en 1976 par Henry J. Heimlich, est une technique d'urgence pour porter assistance à une personne en train de s'étouffer : le sauveteur attrape la victime par derrière en passant ses bras sous les siens et déloge le corps étranger coïncé dans les voies respiratoires par une série de compressions abdominales dirigées vers le haut. Selon l'Institut Heimlich, quelques 50 000 personnes ont été sauvées un jour par la manœuvre de Heimlich, parmi lesquelles quelques "célébrités" : Cher, Carrie Fisher, Elizabeth Taylor, Jack Lemmon et Ronald Reagan.

DÉPENSE CALORIQUE

Nombre de kilocalories brûlées à la minute par un individu pesant *ca.* 70 kg :

repos assis	1,5–3
billard	3–9
ménage	4,5–9
golf	4,5–9
cricket	4,5–10
escrime	6–9
gymnastique	6–9
yoga	6–9
badminton	7–9
marche rapide	7–11
cours d'aérobic	7–12
ping-pong	9–10
sexe	8–16
natation	8–17
saut à la corde	10–13
danse rapide	10–14
tennis	10–17
football	10–19
jogging	11–19
ski de fond	11–19
squash	11–19

Ces valeurs sont évidemment approximatives, et varient en fonction de multiples facteurs : l'intensité de la gymnastique, l'inclinaison de la pente, le poids des clubs de golf... Ajouter 20 % par kg au-dessus de 70 kg, et soustraire 20 % par kg en dessous de 70 kg. Pour une définition de la kilocalorie, voir p. 43. [1 éclair au chocolat = 190 kilocalories]

AIL · ALLIUM SATIVUM

❦ À Rome, l'entrée du temple de Cybèle était interdite à ceux qui venaient de manger de l'ail ; en revanche l'ail faisait partie de la ration des soldats, qui en mâchaient avant d'aller au combat dans l'espoir d'accroître ainsi leur courage. ❦ Selon Pline l'Ancien, l'ail préviendrait la folie, éloignerait les serpents, et serait même capable de contrer la force magnétique de l'aimant. ❦ En Indonésie, les Batak attribuent à l'ail le pouvoir de faire revenir les âmes errantes. ❦ On dit que les bergers des Carpathes protègent toujours leurs troupeaux des morsures de serpent en se frictionnant les mains avec de l'ail avant de traire leurs brebis. ❦ Dans de nombreuses cultures, on croit que l'ail éloigne les démons, les sorcières, les fées, et (en Inde) le "mauvais œil". ❦ Une superstition médiévale (popularisée par le roman de Bram Stoker *Dracula,* 1897) veut que les gousses d'ail éloignent les vampires. ❦ On a souvent prêté à l'ail des vertus antiseptiques ; les médecins l'employaient fréquemment durant la première guerre mondiale. ❦ Au fil du temps, on a aussi prétendu que l'ail guérissait une multitude de maladies, notamment la coqueluche, la grippe, la teigne, la jaunisse, l'hydrophobie et même la stérilité. Des recherches récentes suggèrent qu'il pourrait contribuer à réduire le taux de cholestérol. ❦ Horace a tonné contre l'odeur fétide de l'ail, l'accusant d'être "plus vénéneux que la ciguë". ❦ On prétend l'empereur Néron serait l'inventeur de la sauce à l'ail qu'on appelle aujourd'hui *aïoli.* ❦ En 1330, le roi Alphonse X de Castille fit défense aux chevaliers qui avaient mangé de l'ail dans le mois écoulé de pénétrer dans sa cour et d'adresser la parole à aucun courtisan. ❦ Les voyageurs superstitieux disposaient de l'ail à la croisée des chemins pour éloigner Hécate (déesse des enfers). ❦ Chez les indiens Aymara de Bolivie, les toréros emportent de l'ail dans l'arène en espérant dissuader ainsi les taureaux de charger. ❦

L'AIL DANS QUELQUES LANGUES

russe	*chesnock*	thaï	*katiem*	italien	*aglio*
espagnol	*ajo*	vietnamien	*toi*	malais	*ku cai*
portugais	*alho*	suédois	*vitlök*	chinois	*suen tau*
allemand	*Knoblauch*	norvégien	*hvitløk*	anglais	*garlic*

KEBAB À BARBÈS

Prix indicatifs relevés boulevard Barbès (Paris XVIIIe) en juillet 2007 :

100dwich grec	5,50 €	100dwich steack haché	5,00 €
100dwich brochette	5,50 €	100dwich merguez	4,50 €
100dwich Kefta maison	5,50 €	100dwich poisson pané	4,50 €
100dwich poulet	5,20 €	Panini steack haché	3,40 €

LA CÉRÉMONIE DU THÉ AU JAPON

La cérémonie du thé, *chanoyu* (littéralement : "eau chaude pour le thé"), est si délicate, si subtile et complexe qu'elle intimide le profane. Elle allie philosophie zen, méditation et spiritualité à un sens profond de la tradition, de la nature et de l'hospitalité. Le thé est cultivé au Japon depuis que des graines y ont été rapportées de Chine, sous la dynastie Tang (*ca.* 700) ; l'une des premières attestations du *chanoyu* remonte au règne de l'empereur Shomu (724–749), mais ce n'est que durant l'ère Kamakura (1192–1333) qu'en furent élaborées les règles. Myo-ei Shonin (*ca.* 1200) invita à y voir un élément essentiel de la vie religieuse, célébrant ainsi les Dix Vertus du Thé :

Il est béni de toutes les divinités
Il favorise la piété filiale
Chasse les démons
Bannit la somnolence
Repousse la maladie

Fortifie l'amitié
Discipline le corps & l'esprit
Abolit les passions
Donne une mort paisible
Garde les Cinq Viscères en harmonie

On attribue la formalisation d'un véritable rituel du thé *(temae)* à Murata Shuko († 1503), le "père du théisme". Il mit l'accent sur les aspects spirituels et méditatifs du *chanoyu* : disposition harmonieuse, purification, tranquillité d'esprit. Le *temae* règle précisément la façon dont on dispose, dont on lave et dont on chauffe tous les ustensiles avant de faire le thé et de le servir. Selon la température de l'eau, la quantité de thé et la vitesse à laquelle on le fouette, on obtient un thé fort *(koicha)* ou léger *(usucha)*. *Koicha* et *usucha* appellent des procédures différentes – comprenant dans les deux cas échanges rituels, gestes codifiés pour tenir le bol et pour boire les gorgées de thé, compliments sur le breuvage et sur les ustensiles utilisés.

Dans le chanoyu, *tout le talent consiste à donner aux invités*
un sentiment de plénitude. La perfection dans l'art de servir le thé,
c'est de le faire de telle sorte qu'il n'y ait rien à remarquer.
Matsudaira Fumai (*ca.* 1800)

Dans le Thé, l'hôte est la simplicité, et l'invité l'élégance.
Matsudaira Naritada (*ca.* 1830)

Le thé n'est pas seulement l'antidote à la somnolence :
c'est l'une des voies par lesquelles l'homme remonte à sa source.
Lu Yu (733–804)

On ne saurait exagérer la complexité du *chanoyu* : le moindre détail, depuis le site, l'architecture et la décoration du pavillon de thé jusqu'aux gestes du maître du thé, doit concourir à faire de la cérémonie un moment unique – *ichi-go ichi-e* selon la formule de Rikyu, "une [seule] fois, une rencontre".

SOUPE SHAKESPEARIENNE

Ingrédients bouillonnant dans le chaudron des trois Sorcières de *Macbeth* :

entrailles empoisonnées · crapaud · filet de serpent des mares
œil de triton · orteil de grenouille · poil de chauve-souris
langue de chien · langue fourchue de vipère
dard de reptile aveugle · patte de lézard · aile de hibou
écaille de dragon · dent de loup · momie de sorcière
estomac & gueule de requin dévorant des mers
racine de ciguë arrachée dans le noir · foie de Juif blasphémateur
fiel de bouc · rameaux d'if · nez de Turc
lèvres de Tartare · doigt de bébé étranglé à la naissance
boyaux de tigre · sang de babouin

Flambe feu et chaudron bouille,
Double, double, peine et trouble !

LES DINDES DE GEORGE W. BUSH

Le dernier jeudi du mois de novembre, on célèbre aux États-Unis la fête de Thanksgiving, née en 1621 lorsque les premiers colons décidèrent d'une journée d'action de grâce pour remercier Dieu et les indigènes de leur avoir permis de vivre sur le sol américain. Ce jour-là, la tradition veut que les familles se réunissent autour d'une dinde farcie et d'une tarte au potiron. Mais depuis le jour où Tad, le fils d'Abraham Lincoln, supplia son père d'épargner une dinde baptisée Jack, il est d'usage que le président des États-Unis accorde sa grâce à l'un des volatiles promis à sa table ; en 1947, Harry S. Truman a même élevé ce geste de clémence au rang de cérémonie officielle. À présent, les dindes sont offertes par la Fédération nationale des éleveurs de volaille, qui veillent à ce que l'heureuse élue (et sa suppléante) soient dressées de façon à se bien conduire lors de la cérémonie qui se tient dans les jardins de la Maison Blanche. Depuis le début de sa présidence, George W. Bush, dont la clémence est bien connue (voir p. 51), a gracié : Liberty & Freedom (2001), Katie & Zach (2002), Stars & Stripes (2003), Biscuits & Gravy (2004), Marshmallow & Yam (2005), Flyer & Fryer (2006).

QUANTITÉS DE CREVETTES

taille des crevettes	*nombre par livre*
petites	40–55
moyennes	30–45
grosses	25–30
très grosses	20–25
jumbo (tigrées)	16–20

FORMES DE PÂTES ITALIENNES

FUSILLI · torsades formées à l'origine en entortillant des spaghettis autour d'aiguilles à tricoter

PENNE · tubes de pâte cannelés dont les bords sont coupés en biais

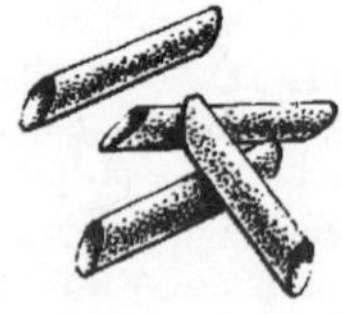

GNOCCHI · petites boulettes ovales et cannelées à base de pomme de terre

FUSILLI COL BUCO · Fines torsades, longues comme des spaghettis

FARFALLE · papillons de pâte fine à bords dentelés, parfaits pour retenir la sauce

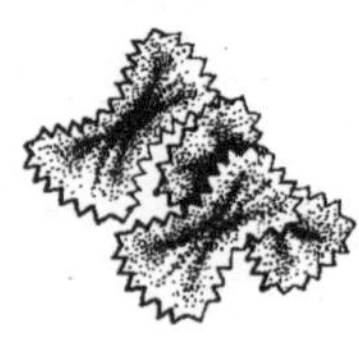

FETTUCCINI · longs rubans de pâte enroulés en forme de nid, tout comme les TAGLIATELLE

RADIATORI · petits "radiateurs" de pâte ondulée

PAPPARDELLE · rubans plus larges que les tagliatelle

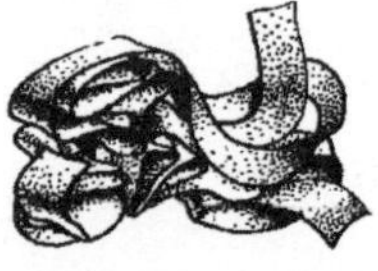

RAVIOLIS · petits carrés de pâte fourrés avec diverses farces

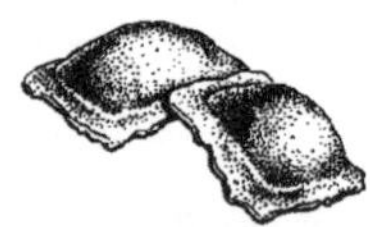

RIGATONI · courts tubes striés, comme les MACARONIS

CASARECCIA · courts rubans enroulés en S

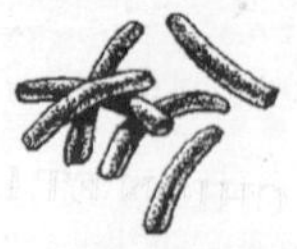

TORTELLINI · petites pâtes farcies enroulées en anneaux

CAPPELLETTI · petits disques de pâte pliés en forme de chapeau

FORMES DE PÂTES ITALIENNES

CANNELLONI · gros tubes de pâte que l'on farcit et que l'on cuit au four

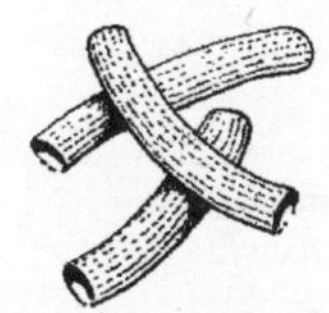

GENOVESINI · tubes courts coupés en biais comme les PENNE

BUCATINI · spaghettis épais et creux

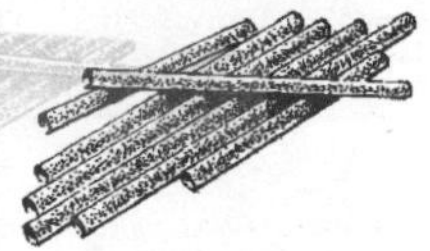

CAMPANELLE · pâtes à friselis en forme de clochettes

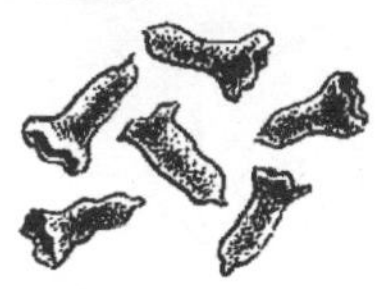

NIDI · nids de TAGLIATELLE qui se défont à la cuisson

RUOTI · petites rouelles de pâte

MACARONIS · petits tubes de pâte

AGNELLOTTI · poches de pâte fourrées, de formes diverses

CONCHIGLIE · coquilles de pâte de différentes tailles

MAFALDE · larges rubans de pâte à bords ondulés

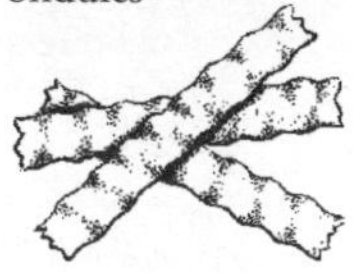

LUMACHE · en forme de coquille d'escargot

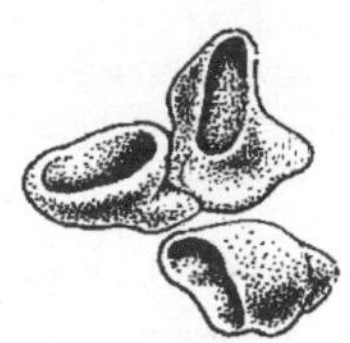

AMORI · torsades de pâte creuses

Il existe quantité d'autres pâtes italiennes, depuis les minuscules étoiles *(stellini)* jusqu'aux feuilles de pâte *(lasagne)*. Pour ne rien dire de toutes les variétés appréciées dans d'autres pays : les *fideos* espagnols, espèces de vermicelles ; les *Kasnudln* autrichiennes, carrés de pâte farcis ; les *lokshen* de la cuisine juive, nouilles aux œufs proches des tagliatelle ; les *pel'meni* de Sibérie, pâtes en demi-cercle fourrées à la viande ; les *wontons* chinois, sortes de raviolis frits…

BÉNÉDICITÉS

Lorsque tu mangeras et te rassasieras, tu béniras l'Éternel,
ton Dieu, pour le bon pays qu'Il t'a donné.
DEUTÉRONOME 8:10

Ne me donne ni pauvreté, ni richesse,
accorde-moi le pain qui m'est nécessaire.
PROVERBES 30:8

L'homme ne vivra pas de pain seulement,
mais de toute parole qui sort de la bouche de Dieu.
MATTHIEU 4:4

Il convient de bénir le Créateur avant de manger et de chanter un psaume
avant de boire, puisque l'on prend une part de ce qu'il a créé.
CLÉMENT D'ALEXANDRIE

Et hic Episcopus cibum et potum benedicit.
Et ici, l'Évêque bénit la nourriture et la boisson.
ÉVÊQUE ODON · TAPISSERIE DE BAYEUX, SECTION 51

Enfant, dis bénédicité,
Et fais le signe de la croix,
Avant rien prendre, si m'en crois,
Qui ne te soit nécessité.
ANONYME (XVe siècle)

Dominum Jesus
Sit potus et esus
Que le Seigneur Jésus
nous soit boisson & nourriture.
MARTIN LUTHER

Benedic, Domine, nos et haec tua dona, quae de tua largitate
sumus sumpturi. Per Christum Dominum nostrum. Amen.
Bénissez-nous, Seigneur, et la nourriture que grâce à votre libéralité,
nous allons prendre. Par le Christ, notre Seigneur. Amen.
LITURGIE CATHOLIQUE ROMAINE †

Bénis le labeur des paysans de France, Maître des moissons,
fais que leur effort assure à tous nos frères le pain quotidien,
et s'il vient à manquer en France, souviens-Toi de ce jour
où pour une foule immense, Tu le multiplias.
BÉNÉDICITÉ SCOUT

God is great, God is good, Let us thank Him for our Food.
Dieu est grand, Dieu est bon, Merci à Lui pour ce que nous mangeons.
JIMMY CARTER À LA MAISON-BLANCHE

† Prière du VIIIe siècle. Voir également les bénédictions juives du vin et du pain, p. 107.

GOUTTE

La goutte est un trouble du métabolisme qui se manifeste par des crises très douloureuses d'inflammation articulaire : son premier symptôme est le plus souvent une douleur aiguë à la base du gros orteil. La goutte affecte surtout les hommes de plus de 40 ans ; elle est causée par une précipitation de cristaux d'acide urique dans les cavités des articulations. Son nom vient de ce qu'on expliquait les douleurs goutteuses par un suintement goutte à goutte d'humeur acide dans les jointures. On présente généralement la goutte comme une maladie propre à l'aristocratie, consécutive à des excès de table. *Le Dictionnaire du Diable* (1906) d'Ambrose Bierce la définit comme "le nom qu'un médecin donne au rhumatisme d'un patient riche" ; et Havelock Ellis écrit dans son *Étude du génie britannique* (1904) qu'elle est un indice de "capacité intellectuelle supérieure". En fait, même si l'alcool, une alimentation trop riche et une vie sédentaire peuvent exacerber la maladie, celle-ci semble en grande partie liée à des dysfonctionnements biochimiques héréditaires : elle affecte même des personnes qui ne boivent jamais d'alcool et des végétariens. Comme l'observait Thomas Sydenham (*ca.* 1728) : "Si vous buvez du vin, vous avez la goutte ; si vous ne buvez pas de vin, c'est la goutte qui vous aura." Selon des recherches récentes, manger des cerises pourrait aider à prévenir les accès de goutte.

Un marchand de vin avait envoyé à Lord Chesterfield une bouteille de xérès qu'il prétendait capable de curer la goutte. Il reçut ce mot en réponse :

Monsieur, j'ai goûté votre xérès ; franchement, je préfère la goutte.

QUELQUES FLEURS COMESTIBLES

marjolaine · thym · hysope · bergamote · sauge · menthe · rose trémière
ciboulette · aneth · lavande · marguerite · rose · bourrache · camomille
safran · courgette · fenouil · fuchsia · tournesol · pissenlit · primevère
hibiscus · lis tigré · basilic · onagre · romarin · capucine · pensée · souci

Recette du cognac à la fleur d'oranger donnée par Eliza Smith dans *The Compleat Housewife – La Parfaite Ménagère* (*ca.* 1729) :

Prenez un gallon [4, 5 l] de cognac. Ébouillantez quelques instants
une livre de fleurs d'oranger et jetez-les dans le cognac.
Avec l'eau, confectionnez un sirop pour sucrer le tout.

[Chez certaines personnes, les fleurs peuvent déclencher de graves réactions allergiques ; aussi faut-il prendre garde aux sensibilités connues, comme avec toute nourriture. Certaines fleurs sont hautement toxiques : rhododendrons, glycines, cytises, et *beaucoup* d'autres ne doivent pas être mangées. En cas de doute, prenez conseil auprès d'un spécialiste.]

MODULES DE HAVANES

Il existe une grande variété de modules de havanes ; en voici quelques-uns :

Module	*taille (cm)*	*diamètre (mm)*
Demi-Tasse	10	15
Très Petit Corona	11	16
Panetela	12–15	10
Petit Corona	12,5	16–17
Robusto	12,5	20
Corona	14	15–17
Figurado / Torpedo	14–15	20
Piramide	14–17	21
Belicoso	14–17	21
Corona Gorda	14	17,5–19
Corona Extra	14,5	17,5–19
Laguito No.2	15	15
Lonsdale	15	16–17
Churchill	17	17–19
Laguito No.1	19	15
Double Corona	19	19–20
Gran Corona	14–15	16–19

exemples

panetela

corona

double corona

Ces caractéristiques peuvent varier d'une manufacture à l'autre.

TEMPÉRATURE DE SERVICE DES VINS

Indication de la température à laquelle servir différents types de vins :

Vin blanc liquoreux	5–8°C
Champagne, mousseux	6–9°C
Fino sherry	8–10°C
Petit vin blanc sec	9–12°C
Rosé	8–10°C
Xérès	10–11°C
Rouge léger, jeune	11–12°C
Grand vin blanc sec	13–16°C
Madère, porto	13–15°C
Vin rouge de qualité	15–18°C
Grand Bourgogne	15–17°C
Grand Bordeaux	16–18°C

LE RÉGIME DE GANDHI

Le régime quotidien de Gandhi d'après une lettre de 1929 à *Young India* :

8 tolas de germes de blé · 8 tolas de verdure, pilée
8 tolas d'amandes douces réduites en pâte
6 citrons amers · 2 onces [57 g] de miel

La tola *était une unité basée sur le poids de l'ancienne pièce d'une roupie – soit environ 11 g.*

LE SUICIDE DE VATEL

François Vatel était le maître d'hôtel du prince de Condé, préposé à l'organisation de fastueux banquets et autres cérémonies culinaires. Fut-il lui-même cuisinier ? Rien ne l'atteste, même si on lui attribue l'invention de la crème Chantilly. Sa carrière aurait dû culminer en 1671, lorsque Condé invita Louis XIV à séjourner au château de Chantilly pour sceller leur réconciliation. Mais le premier soir, à la consternation de Vatel, la viande manqua à quelques tables à cause d'un afflux imprévu de convives ; et des nuages cachèrent le feu d'artifice, qui avait coûté 16 000 francs. Une lettre de Madame de Sévigné relate les événements tragiques du lendemain :

> *À quatre heures du matin, Vatel s'en fut partout ; il trouve tout endormi. Il rencontre un petit pourvoyeur qui lui apportait seulement deux charges de marée ; il lui demande : "Est-ce là tout ?" Il lui dit "Oui, monsieur." Il ne savait pas que Vatel avait envoyé à tous les ports de mer. Il attend quelque temps ; les autres pourvoyeurs ne viennent point. Sa tête s'échauffait ; il croit qu'il n'aura point d'autre marée. Il trouve Gourville et lui dit : "Monsieur, je ne survivrai pas à cet affront-ci ..." Gourville se moqua de lui. Vatel monte à sa chambre, met son épée contre la porte, et se la passe au travers du cœur, mais ce ne fut qu'au troisième coup, car il s'en donna deux qui n'étaient pas mortels ; il tombe mort. La marée cependant arrive de tous côtés. On cherche Vatel pour la distribuer. On va à sa chambre. On heurte, on enfonce la porte, on le trouve noyé dans son sang.*

Vatel ne fut pas le seul chef à attenter à ses jours après avoir eu le sentiment d'essuyer un échec culinaire. En 1966, Alain Zick se tira une balle dans la tête en apprenant que son restaurant parisien, Le Relais de Porquerolles, avait perdu une étoile dans le *Michelin*. En 2003, Bernard Loiseau fit le choix d'une fin semblable lorsque son restaurant La Côte d'Or (trois étoiles au *Michelin*) vit sa note passer de 19/20 à 17/20 dans le *Gault & Millau*. Loiseau, qui avait reçu la Légion d'Honneur en 1995, déclarait : "Nous vendons du rêve. Nous sommes des marchands de bonheur." Il aurait pourtant averti un de ses collègues : "Si je perds une étoile, je me suicide."

GARNITURES DOMINO'S PIZZA

Domino's Pizza est présent dans plus de 60 pays. Dans certains d'entre eux, des garnitures spécifiques visent à satisfaire les goûts de la clientèle locale :

Garniture	*Pays*
Calmar	Japon
Thon & blé tendre	Angleterre
Sauce aux haricots noirs	Guatemala
Poulet barbecue	Les Bahamas
Piments rouges	Australie
Crème fraîche	France
Agneau & gingembre mariné	Inde
Linguiça & chorizo	Portugal
Agneau grillé	Pays-Bas

RECORDS ALIMENTAIRES

Le spectacle assez consternant des compétitions, défis & records alimentaires est sans doute une conséquence de la culture de l'abondance qui caractérise l'Occident depuis les orgies romaines (voir aussi *Foie gras*, p. 150). La culture populaire s'est emparée de ces ingurgitations excessives avec le *Livre Guinness des Records* (créé en 1954) ; on peut citer aussi le personnage interprété par Paul Newman dans *Luke la main froide* (1967), qui relève le défi d'avaler 50 œufs durs en une heure. La variété des aliments faisant l'objet de compétitions alimentaires est assez étonnante – par exemple :

boulettes de matzo	huîtres	pelmeni (raviolis russes)
saucisses	hot dogs	beignets de conque
frites	langoustes	piments Jalapeño
oignons Maui	pickles	haricots blancs
chili con carne	œufs	haggis (voir p. 70)
pizzas	chou	corned beef
œufs de caille	ailes de poulet	chocolat

La médaille olympique de l'excès pourrait revenir au *Nathan's July 4th Hot Dog Eating Contest*, compétition annuelle organisée à New York, le jour de la fête nationale, depuis 1916. L'actuel détenteur du titre, Joey Chestnut, est parvenu en 2007 à manger 66 hot dogs (avec le pain) en 12 minutes.

FRUITS & LÉGUMES DE SAISON

La mondialisation du marché a rendu quasi obsolète la notion de saison des fruits et légumes. Le tableau ci-dessous vaut pour ceux cultivés en France :

abricots .... *juin–août*
asperges................ *avril–juillet*
carottes (primeur) .... *avril–juillet*
cerises .... *juin–août*
châtaignes........ *octobre–décembre*
clémentines ...... *novembre–février*
coings........... *octobre–novembre*
concombres........ *mars–septembre*
épinards............ *février–octobre*
figues .... *juin–novembre*
fraises .... *avril–septembre*
framboises .... *avril–octobre*
groseilles................ *juin–juillet*
haricots verts......... *juin–octobre*
melons................ *mai–octobre*
noix............. *septembre–janvier*
pêches .... *juin–septembre*
petits pois............. *avril–juillet*
poires .... *août–février*
pommes .... *août–avril*
prunes .... *juillet–septembre*
radis..................... *avril–juillet*
raisins .... *août–septembre*
tomates .... *mars–octobre*

Il faut vivre dans chaque saison quand elle passe : en respirer l'air, en boire les breuvages, en goûter les fruits, et s'abandonner à leurs influences.
Henry David Thoreau (1817–1862)

LES GOÛTS DES BAY CITY ROLLERS

Sur l'album classique des Bay City Rollers, *Rollin'* (1974), figurent quelques hits : *Shang-a-Lang, Summerlove Sensation*... La pochette du disque donne la liste des mets et boissons préférés des membres du groupe écossais :

steak bien cuit	Alan Longmuir	*rhum ambré à la menthe poivrée*
curry	Derek Longmuir	*Coke ; lait*
carrelet au gratin ; canard rôti	Les McKeown	*Cointreau citron*
tourte de bœuf frites ; hamburgers	Stuart Wood	*Coke*
salades ; yaourts ; pêches flambées	Eric Faulkner	*vodka ; vin ; thé*

La pochette indique d'autres préférences et détestations des Bay City Rollers : Alan déteste "les insolents", Derek "les poseurs et la pluie", Les "la jalousie et les pantalons-cigarettes" ; Stuart déteste "le froid et les pizzas" mais il aime "rencontrer des gens et loger à l'hôtel". Eric aime "les publics agités et la voix d'Alan" et déteste "la levure de brasseur".

HIÉRARCHIE GASTRONOMIQUE

GASTRONOME
GOURMET
FRIAND
GOURMAND
GOULU
GOINFRE

GOURMAND	GOURMET
celui qui aime manger avec passion	fin connaisseur de mets et de vins

CAFÉ & FINANCE

Deux des plus anciennes institutions financières de la place de Londres ont été fondées dans des cafés. La compagnie d'assurance Lloyd's tire son nom du débit de café d'Edward Lloyd, dans Tower Street puis Lombard Street, où elle a d'abord été établie. La Bourse de Londres doit son existence à un café ouvert *ca.* 1680 par Jonathan Miles dans Exchange Alley, Cornhill. Dès 1694, Jonathan's hébergeait la John Briscoe's Land Bank ; un certain John Houghton rapportait que "les hommes d'argent fréquentent les courtiers, que l'on trouve principalement sur Exchange Alley et au café chez Jonathan's, pour s'enquérir du cours des actions". En 1698, quand les courtiers en titres et participations furent délogés du Royal Exchange, ils ne tardèrent pas à se replier chez Jonathan's, et en 1709 le *Tatler* écrivait que Jonathan's était devenu "le grand marché de ceux qui trafiquent d'actions".

SALMIGONDIS

Prenez un peu de veau froid, ou de blanc de volaille froid, ôtez la peau et le gras, coupez en tout petits morceaux. Prenez un hareng saur ou un hareng mariné dont vous ôterez la peau et les arêtes, ou trois ou quatre anchois, comme il vous plaira. Pelez & hachez menu une couple d'oignons. Épluchez deux pommes, ôtez-en le cœur et coupez-les en morceaux. Hachez un peu de bœuf. Disposez le tout sur un plat, en formant de petits tas avec chacun des ingrédients ; mettez quelques anchois au milieu du plat, garnissez de citron. Mangez avec un assaisonnement d'huile, moutarde & vinaigre.

— Elizabeth Taylor, *The Art of Cookery*, 1769

GASTRONOMIE UBUESQUE

À l'acte premier d'*Ubu Roi* (1896) d'Alfred Jarry, le père et la mère Ubu invitent le capitaine Bordure à dîner. Au menu, concocté par la mère Ubu :

soupe polonaise · côtes de rastron · veau · poulet · pâté de chien
croupion de dinde · charlotte russe · bombe · salade de fruits
dessert bouilli · topinambours · choux-fleurs à la merdre

PÈRE UBU
Eh bien, capitaine, avez-vous bien dîné ?

CAPITAINE BORDURE
Fort bien, monsieur, sauf la merdre.

PÈRE UBU
Eh ! la merdre n'était pas mauvaise.

MÈRE UBU
Chacun son goût.

PICCALILLI

Le piccalilli (ou pickles à la moutarde, ou pickles indiens) est un condiment qui accompagne souvent les viandes froides en Angleterre. Très aromatisé mais peu épicé, il est fait de petits morceaux de légumes (concombre, chou-fleur, courgette, haricots, échalottes, etc.) marinés dans de la saumure puis macérés dans une sauce à la moutarde douce et au vinaigre blanc ; il doit sa couleur jaune caractéristique à la présence de gingembre et de curcuma.

TEMPS DE CUISSON DES VIANDES

viande		*durée* (four à 190°C · thermostat 6)	*temp. interne*
AGNEAU	*saignant*	20 min par 450 g + 20 min	60–70°C
	à point	25 min par 450 g + 25 min	70–75°C
	bien cuit	30 min par 450 g + 30 min	75–80°C
BŒUF	*saignant*	20 min par 450 g + 20 min	60°C
	à point	25 min par 450 g + 25 min	70°C
	bien cuit	30 min par 450 g + 30 min	80°C
PORC		35 min par 450 g + 35 min	80–85°C
POULET		20 min par 450 g + 20 min	80–85°C
DINDE		25 min par 450 g + 20 min	
FAISAN		25 min par 450 g	
CHEVREUIL		25 min par 450 g	
LIÈVRE		20 min par 450 g	
SANGLIER		20 min par 450 g	
CAILLE		20 min	
ORTOLAN		15 min	

RECOMMANDATIONS : Assurez-vous que la viande congelée est complètement décongelée avant la cuisson. Faites cuire les farces séparément pour une cuisson suffisante. Laissez les rôtis reposer au chaud 10–20 minutes après les avoir sortis du four. Assurez-vous que la viande est parfaitement cuite et bien chaude avant de la servir. Utilisez un thermomètre à viandes piqué au cœur du rôti ou dans sa partie la plus épaisse pour vérifier que la température interne minimale est atteinte. Vérifiez que le jus des volailles s'écoule bien et qu'il ne gicle plus de sang quand on les pique. En cas de doute, *ne servez pas une viande insuffisamment cuite* : reportez-vous aux indications sur l'étiquette ou au manuel du four.

LATIN DE CUISINE : HERBES & ÉPICES

HERBES		ÉPICES	
aneth	*Puecedanum graveolens*	badiane	*Illicium verum*
basilic	*Ocimum basilicum*	cannelle	*Cinnamomum zeylanicum*
cerfeuil	*Anthriscus cerifolium*	cardamome	*Elettaria cardamomum*
ciboulette	*Allium schoenoprasum*	carvi	*Carum carvi*
coriandre	*Coriandrum sativum*	clou de girofle	*Eugenia caryophyllus*
estragon	*Artesemisia dranunculus*	cumin	*Cuminum cyminum*
laurier	*Lauris nobilis*	curcuma	*Curcuma domestica*
marjolaine	*Origanum majorana*	fenouil	*Anethum graveolens*
menthe	*Mentha rotundifolia*	gingembre	*Zingiber officinale*
origan	*Origanum vulgare*	muscade	*Myristica fragrans*
persil	*Petroselinum crispum*	paprika	*Capsicum annuum*
romarin	*Rosemarinus officinalis*	safran	*Crocus sativus*
sauge	*Salvia officinalis*	sésame	*Sesamum indicum*
thym	*Thymus vulgaris*	vanille	*Vanilla fragrans*

LE BANQUET NOBEL

La cérémonie de remise des prix Nobel et le banquet qui s'ensuit ont lieu chaque année le 10 décembre, anniversaire de la mort d'Alfred Nobel. Sont conviés au banquet les lauréats, la famille royale de Suède, le gouvernement suédois et quelque 1 300 invités. Élaboré par le lauréat de l'année de l'association des chefs suédois, le menu est gardé secret jusqu'au dernier moment. Ci-dessous, le menu du premier banquet Nobel, et celui du centenaire :

— 1901 —

Hors d'œuvre

Suprême de barbue à la normande

Filet de bœuf à l'impériale

Gélinottes rôties, salade d'Estrée

Succès Grand Hôtel, pâtisserie

VINS
Niersteiner 1897
Château Abbé Gorsse 1881
Champagne Crème de Bouzy
Doux et Extra Dry
Xérès

Prix Nobel de la Paix attribué conjointement à Jean Henri Dunant et à Frédéric Passy.

— 2001 —

Homard sur purée de chou-fleur
et gelée de langoustines,
salade de salicornes

Caille farcie au foie gras et sa poêle
de cèpes et tomates séchées,
asperges vertes et purée de cerfeuil

Duo de glace vanille
et parfait cassis-meringue

VINS
Champagne Louise Pommery 1989
Margaux Château Palmer 1997
Bernkasteler Badstube 1998
Riesling Eiswein Mosel-Saar-Ruwer
Café · Grönstedts Rarissime
Grand Champagne
Cointreau
Eau minérale de Ramlösa

Prix Nobel de la Paix attribué conjointement aux Nations Unies et à Kofi Annan.

Depuis quelques années, deux mets sont bannis du banquet Nobel : la viande de porc, pour des raisons de susceptibilité culturelle, et la venaison, car le 11 décembre le roi Carl XVI Gustaf convie les lauréats à un dîner privé où est servi un cerf qu'il a lui-même abattu.

CASCADE DE CHAMPAGNE

Proportions optimales pour réaliser une pyramide de coupes de champagne :

Base : 60   1er étage : 30   2ème étage : 10   3ème étage : 4   4ème étage : 1

KIDDOUSH : BÉNÉDICTIONS JUIVES

— BÉNÉDICTION DU VIN —

בָּרוּךְ אַתָּה יְיָ אֱלֹהֵינוּ מֶלֶךְ הָעוֹלָם בּוֹרֵא פְּרִי הַגָּפֶן

Baroukh ata Adonaï, Hélohénou mélekh aolam, boreï prée hagafen

Béni sois-Tu, Éternel notre Dieu, Roi du monde, qui crées le fruit de la vigne

— BÉNÉDICTION DU PAIN —

בָּרוּךְ אַתָּה יְיָ אֱלֹהֵינוּ מֶלֶךְ הָעוֹלָם הַמּוֹצִיא לֶחֶם מִן הָאָרֶץ

Baroukh ata Adonaï, Hélohénou mélekh aolam, hamotsi lekhem min haarets

Béni sois-Tu, Éternel notre Dieu, Roi du monde, qui fais sortir le pain de la terre

NOURRITURE BLEUE

On affirme généralement qu'il n'existe pas, dans la nature, de substance comestible de couleur bleue (voir aussi Smarties, p. 82). Dans son ouvrage *Curiosités alimentaires* (1859), Peter Lund Simmonds signale toutefois ceci :

> *… en dépit de son bec aussi énorme que disgracieux, le toucan possède une chair bleuâtre qui constitue une viande saine et délicate ; aucun oiseau ne fournit aux gourmets de l'île de Trinité un pareil régal.*

TOAST MELBA

Le toast Melba aurait été tout spécialement créé en 1897 pour la cantatrice Helen Porter Mitchell, connue sous le nom de scène de Nellie Melba (1861–1931). C'est Auguste Escoffier, chef de l'Hôtel Ritz à Londres, qui aurait inventé cet en-cas pour améliorer le régime de Madame Melba, alors souffrante ; César Ritz en aurait trouvé le nom. Il est certes possible que les choses se soient passées ainsi ; mais on peut aussi penser qu'Escoffier et Ritz se sont contentés de donner un nouveau nom à une préparation qui existait déjà, tant la confection des toasts Melba est d'une simplicité confondante :

> *Toastez légèrement des tranches de pain de mie ; tandis qu'elles sont encore chaudes, coupez-les dans l'épaisseur pour les dédoubler. Toastez à nouveau ces tranches minces (au four, de préférence) jusqu'à ce que les bords commencent à se racornir.*

Les toasts Melba accompagnent idéalement pâtés, fromages & potages.

HÄAGEN DASZ

Contrairement à ce que pourraient croire de nombreux amateurs de glace, la marque de crèmes glacées Häagen Dasz n'est absolument pas originaire des pays nordiques. Elle est en réalité l'invention d'un immigré polonais établi à New York, Reuben Mattus. Depuis 1961, la famille Mattus commercialise ses glaces sous ce nom de fantaisie où tout Scandinave reconnaît instantanément une imposture linguistique : il a été choisi pour évoquer "le froid et la qualité nordiques" par sa seule consonance et ses graphies. Une carte du Danemark figurait tout de même sur les premiers emballages... La marque compte aujourd'hui près de 700 boutiques dans 54 pays à travers le monde – mais pas une seule en Scandinavie.

LE PETIT DÉJEUNER DE M. BURNS

Montgomery Burns est le ploutocrate grincheux propriétaire de la centrale nucléaire de Springfield dans *Les Simpson.* Son petit déjeuner se compose de :

3 petites cuillères de céréales, quelques toasts à la vapeur, et un œuf de dodo†.

† espèce d'oiseau (*Raphus cucullatus,* ou *Didus ineptus* selon Linné) disparue *ca.* 1680.

GROSSESSE & ALIMENTATION

Les experts recommandent aux femmes enceintes d'EXCLURE de leur alimentation tous les fromages fermentés (brie, camembert, etc.), les pâtés, les plats préparés peu cuits ou non cuits, les œufs crus et les aliments à base d'œufs crus ou partiellement cuits. D'une façon générale, elles doivent VEILLER à ce que leur nourriture soit suffisamment cuite – en particulier les saucisses et la viande hachée. La plupart des experts conseillent de limiter les apports en CAFÉINE à 300 mg par jour environ. Enfin, tous invitent les femmes enceintes à s'abstenir de toute consommation d'ALCOOL, et leur font complète interdiction de FUMER et de prendre des DROGUES, même douces.

COMMANDER UN STEAK

FRANÇAIS	ANGLAIS	ITALIEN	ESPAGNOL	ALLEMAND
bleu	*very rare*	*molto al sangue*	*muy poco hecho*	*"englisch"*
saignant	*rare*	*al sangue*	*poco hecho*	*blutig*
à point	*medium*	*al puntino*	*mediano hecho*	*halb durch*
bien cuit	*well done*	*ben cotto*	*muy hecho*	*durchgebraten*

LES EXPRESSIONS DU PAIN

Celui qui *a son pain cuit* peut *s'en payer une tranche* sans avoir à *gagner son pain à la sueur de son front* ; et même s'il *ôte le pain de la bouche* d'autrui, il est rare qu'il se soucie de *rompre le pain* ou de *casser la croûte* avec ceux qui sont *au pain sec et à l'eau.* Pour *ne pas manger de ce pain-là,* il faut être *bonne pâte,* ou *bon comme du bon pain* ! Et il y a *du pain sur la planche* pour changer les choses quand l'opinion ne demande que *du pain et des jeux...*

ÂGE DU COGNAC

Les indications de vieillissement portées sur les étiquettes de cognac expriment la durée minimale que l'eau-de-vie la plus jeune de l'assemblage a passée en fût de chêne. Voici la valeur des mentions les plus courantes :

désignation	*vieillissement*
*** *ou* VS	> 2 ans
VSOP	> 4 ans
XO, Napoléon, Hors d'âge	> 6 ans
Extra *ou* Grande Réserve	> 20 ans

(le vieillissement minimum est de 2 ans)

Bien d'autres désignations ont été utilisées pour spécifier le vieillissement des eaux-de-vie, en particulier du cognac. Les mentions du type VSOP, XO, XSO ou VFOP se réfèrent toutes au système d'abréviations suivant :

E	extra	M	mellow	P	pale	V	very
F	fine	O	old	S	superior	X	extra

GHEE

Le *ghee* (ou *ghî*) est la graisse utilisée traditionnellement en Inde. On l'obtient en clarifiant du beurre, que l'on chauffe en le remuant jusqu'à ce que l'essentiel de l'eau se soit évaporée pour laisser seulement un fluide richement parfumé. On le laisse alors reposer avant de le filtrer dans de la mousseline pour en éliminer toute impureté. Le *ghee* au beurre de lait de bufflonne est de couleur crème ; le *ghee* au beurre de lait de vache, jaune d'or, "pareil à de l'ambre" selon le poète Annaji. Le *ghee* est censé fortifier le corps et l'intellect ; Bouddha la rangeait parmi les nourritures "pleines de qualités spirituelles". Il est largement utilisé dans la cuisine indienne pour la richesse de son goût, mais aussi parce qu'on peut le chauffer sans qu'il brûle et le conserver très longtemps à température ambiante.

Le *ghee* conservé depuis 10 à 100 ans est appelé *kumbhaghrta.*
Le *ghee* conservé depuis plus de 100 ans est appelé *mahaghrta.*
[On attribue à l'un et à l'autre des propriétés médicinales.]

MANGER UNE BALEINE

C'est un fait … que la baleine serait assurément considérée comme un plat noble, s'il n'était vraiment trop copieux ; c'est comme de s'attabler devant un pâté en croûte d'une centaine de pieds de long, cela vous coupe un peu l'appétit.

— HERMAN MELVILLE, *Moby-Dick*, 1851

RECETTE DU CAKE D'AMOUR

Préparez votre pâte
Dans une jatte plate
Et sans plus de discours
Allumez votre four
Prenez de la farine
Versez dans la terrine
Quatre mains bien pesées
Autour d'un puits creusé
Choisissez quatre œufs frais
Qu'ils soient du matin faits
Car à plus de vingt jours
Un poussin sort toujours
Un bol entier de lait
Bien crémeux s'il vous plaît

De sucre parsemez
Et vous amalgamez
Une main de beurre fin
Un souffle de levain
Une larme de miel
Et un soupçon de sel
Il est temps à présent
Tandis que vous brassez
De glisser un présent
Pour votre fiancé
Un souhait d'amour s'impose
Tandis que la pâte repose
Lissez le plat de beurre
Et laissez cuire une heure

Cette recette chantée par l'héroïne du film *Peau d'Âne* de Jacques Demy (1971) peut être réalisée avec les proportions suivantes : *150 g de farine · 4 œufs extra-frais · 20 cl de lait entier 100 g de sucre · 75 g de beurre · 1 sachet de levure · 1 c. à café de miel · 1 pincée de sel · 1 présent d'amour pour votre fiancé(e).* Ne pas oublier le *souhait d'amour* pendant que la pâte repose (30 mn), et cuire 45 mn dans un four à 180ºC ("une heure" semble une licence poétique).

COLONEL SANDERS & K.F.C.

Le colonel Harland Sanders (1890–1980), fondateur de la chaîne Kentucky Fried Chicken, a exercé divers métiers : ouvrier agricole, chauffeur, soldat, pompier, juriste, courtier d'assurances, batelier sur un vapeur, représentant en pneus, gérant de station-service et cuisinier. C'est dans les années 1930 qu'il mit au point son "mélange secret" de onze épices et herbes aromatiques, alors qu'il travaillait dans une station-service du Kentucky ; en 1964 il revendait K.F.C. et ses 600 restaurants pour 2 000 000 $. Son titre de colonel n'a rien de militaire (il n'a jamais dépassé le grade de 2e classe) : il lui a été décerné en 1935 par l'Ordre Honorifique des Colonels du Kentucky†.

† *Dont un des membres les plus célèbres fut le pape Jean-Paul II, qui reçut le titre en 1965.*

ABSINTHE

Connue sous de multiples sobriquets – *la fée verte, la muse verte, la reine des poisons, la folie en bouteille, un train direct pour Charenton…* – l'absinthe est une liqueur verte fortement alcoolisée (60 à 80 %) aromatisée par infusion de diverses herbes : la mélisse, le fenouil, l'hysope, l'anis étoilé, et surtout l'armoise ou grande absinthe *(Artemisia absinthium)*. C'est à cette dernière qu'elle doit son nom ainsi que ses propriétés hallucinogènes bien connues, qui l'ont fait interdire dans de nombreux pays et apprécier par plusieurs générations d'artistes, de poètes et d'écrivains :

OSCAR WILDE · L'absinthe a une couleur merveilleuse, le vert. Un verre d'absinthe contient autant de poésie que n'importe quoi au monde. Quelle différence y a-t-il entre un verre d'absinthe et un coucher de soleil ?

PAUL VERLAINE · … ce fut sur l'absinthe que je me rejetai, l'absinthe du soir et de la nuit.

ERNEST HEMINGWAY · … ce breuvage trouble, amer, qui anesthésie la langue, échauffe la tête, échauffe le ventre, transforme les pensées – cette alchimie liquide.

MARIE CORELLI · Vous avez là le cordial le plus étonnant qui soit au monde – buvez et vous verrez, tous vos chagrins seront transmués, et vous-même serez métamorphosé.

GEORGE SAINTSBURY · L'absinthe brûle comme une procession aux flambeaux. Moi-même je n'ai jamais bu plus d'une absinthe par jour.

ERNEST DOWSON · L'absinthe rend la poule plus câline.

VOLTAIRE · Le premier mois du mariage … est la lune du miel ; le second est la lune de l'absinthe.

Mais tous ceux qui ont goûté à l'absinthe n'ont pas été aussi enthousiastes :

JORIS-KARL HUYSMANS · Même devenue plus débonnaire par la fonte du sucre, l'absinthe sent quand même les sels de cuivre, laisse au palais le goût d'un bouton de métal longuement sucé…

Dr. VALENTIN MAGNAN · Dans l'absinthisme le délire hallucinatoire est des plus actifs, des plus terrifiants, provoquant parfois des réactions d'une nature extrêmement violente et dangereuse.

À en croire Alec Waugh (frère d'Evelyn), l'absinthe posséderait un pouvoir multiplicateur : elle doublerait les effets de tout ce que l'on boit ensuite. Ses propriétés neurotoxiques sont connues depuis toujours ; la Bible les mentionne plus d'une fois, et menace : "… et le tiers des eaux tourna en absinthe, et beaucoup d'hommes moururent de ces eaux…" [Apocalypse 8:10]

(*Il paraît de mauvais augure qu'en ukrainien,* armoise *se dise* tchernobyl.)

CURRY

Le mot *curry* dérive du tamoul *kari* (condiment ou sauce épicée pour le riz) ; il a transité via le kanara *karil*, le portugais *caril*, le français *cari* (attesté dès 1602), enfin via l'anglais qui a imposé son orthographe. Par métonymie, il désigne à présent tous les plats indiens ou orientaux que l'on cuit dans une sauce à base de ce mélange d'épices pulvérisées. Voici une description sommaire des currys les plus populaires dans les restaurants anglo-indiens :

type	*description, ingrédients caractéristiques*	*piquant* [1-5]
BALTI	*curry cuit doucement dans une petite marmite*	variable
BHUNA	*curry sec, avec une sauce à la noix de coco*	2
BIRIANI	*curry épicé, à base de riz*	variable
CEYLAN	*noix de coco, citron, piments*	3
DHANSAK	*assez doux, servi avec une purée de lentilles*	3
DOPIAZA	*beaucoup d'oignons*	3
JALFREZI	*poivre vert, piments, oignons*	3
KARAHI	*sec et brûlant, avec oignon et tomates*	3
KASHMIR	*curry doux avec des fruits, souvent des litchis*	3
KORMA	*curry crémeux, très doux, souvent avec des amandes*	1
MADRAS	*tomates, amandes, jus de citron et piments*	4
PASANDA	*curry crémeux avec de la noix de coco et des amandes*	1
PHAL	*piments, piments, piments : stupidement épicé*	6
RHOGAN JOSH	*agneau, yaourt, piment et tomates*	4
THAL	*assortiment varié de différents plats*	variable
TIKKA MASALA	*curry crémeux, très aromatisé, toujours apprécié*	1
VINDALOO	*aigre, avec tomates, piments et pommes de terre*	5

LES RÈGLES DU SERVICE

Polymathe et bon vivant, Sir Wilfred Gowers-Round (1855–1945) était tellement excédé par l'incompétence et l'impertinence des serveurs de restaurant qu'il imagina un manifeste édictant les règles qu'ils devraient observer :

[1] .... Un serveur est là pour servir, *en aucun cas* pour se mettre en avant
[2] .... Le but ultime du service est de *passer inaperçu*
[3] ...... Les serveurs *doivent* être propres, élégants, mais *jamais* parfumés
[4] .... En *aucune circonstance* un serveur ne *touchera* la nourriture
[5] .... On ne remplira *jamais* les verres de vin à ras-bord
[6] .... On n'émettra *jamais* d'avis qui n'ait été sollicité
[7] ..... Si les convives veulent servir le vin eux-mêmes, *on les laissera faire*
[8] .... On ne débarrassera aucune assiette avant que *tous* aient terminé
[9] On marquera un respect *égal* à tous les convives – hommes et femmes
[10] .... L'addition sera déposée sur la table *sans cérémonie*

CITATIONS POLITICO-CULINAIRES

CHARLES DE GAULLE · Comment voulez-vous gouverner un pays qui a deux cent quarante-six variétés de fromage ?
[selon les sources, on trouve aussi 258 ou 365]

MARIE-ANTOINETTE · Ils n'ont pas de pain ? Qu'ils mangent de la brioche !
[devant le peuple affamé ; propos attribué]

TALLEYRAND · En France, nous avons 300 sauces et 3 religions ; en Angleterre, ils ont 3 sauces mais 300 religions.

JOHN F. KENNEDY · La guerre contre la faim est véritablement la guerre de l'humanité pour sa libération.

NAPOLÉON · Une armée marche sur son estomac. *[propos attribué]*

JUVÉNAL · *Duas tantum res anxius optat, panem et circenses.* Il n'y a que deux choses que le peuple désire ardemment : du pain et des jeux.

JOHN MAJOR · Laissez-moi vous dire ceci : ce ne sont pas les belles paroles qui beurrent les épinards !

HERMANN GÖRING · En cas de nécessité, on peut se passer de beurre ; mais on ne peut pas se passer de canons.

WINSTON CHURCHILL · L'investissement le plus rentable qu'une société puisse faire, c'est de remplir de lait des bébés.

ÉDOUARD HERRIOT · La politique, c'est comme l'andouillette : ça doit sentir un peu la merde, mais pas trop.

CACHAÇA & CAIPIRINHA

La cachaça est une eau-de-vie (*ca.* 38–54 % de volume d'alcool) distillée à partir du jus de la canne à sucre. Elle constitue l'ingrédient de base de la caipirinha, le cocktail national du Brésil. On le prépare en écrasant un demi-citron avec une cuillère à soupe de sucre au fond d'un tumbler, en couvrant de glace pilée et en complétant avec un doigt de cachaça. Au Brésil, la cachaça possède quantité de surnoms ; l'un d'eux, *parati*, est le nom d'une élégante cité coloniale où se tient l'un des principaux festivals littéraires d'Amérique du Sud, la *Festa Literária Internacional de Parati.*

HUILES : TEMPÉRATURE CRITIQUE

huile	*fume à*
huile de tournesol	200°C
huile de maïs	210°C
huile d'arachide	210°C
huile d'olive	210°C
huile de soja	210°C
huile de colza	225°C
huile de pépins de raisin	230°C

QUELQUES PROVERBES CULINAIRES

Tout ce qui rentre fait ventre
On ne fait pas d'omelette sans casser des œufs
Dieu donne la viande, le Diable les cuisiniers
La faim fait sortir le loup du bois
Les fols font les banquets et les sages les mangent
Force vin trouble l'engin
Les loups ne se mangent pas entre eux
Toute chair n'est pas venaison
Il y a loin de la coupe aux lèvres
Les gourmands creusent leur tombe avec leurs dents
Il ne faut pas dire : fontaine, je ne boirai pas de ton eau
Ventre affamé n'a point d'oreilles
Qu'importe le flacon, pourvu qu'on ait l'ivresse
Chacun sait ce qui bout dans sa marmite
Chaque pot a son couvercle
Le plus empêché est celui qui tient la queue de la poêle
On ne peut pas avoir le beurre et l'argent du beurre
Qui medice vivat, misere vivat · Qui vit pour le docteur, il vit bien tristement
Faute de grives, on mange des merles
Der Mensch ist, was er ißt · L'homme est ce qu'il mange
On ne peut pas être à la fois au four et au moulin
Il ne faut pas mélanger les torchons et les serviettes
Quand le vin est tiré, il faut le boire
Toute la pluie n'enlève pas la force d'un piment
De mauvais grains jamais bon pain
Café bouillu, café foutu
Il faut manger pour vivre, et non pas vivre pour manger†
C'est dans les vieux pots qu'on fait les meilleures soupes
Qui casse les verres les paie
Il ne faut pas s'embarquer sans biscuits
A fome é o melhor tempero · La faim est la meilleure des épices
Qui vole un œuf vole un bœuf
Nulle noix sans coque
Nul pain sans peine
Pour souper avec le Diable, il faut une grande cuillère
Qui dort dîne
Qui a bu boira
À bon vin point d'enseigne
Verba non alunt familiam · Les mots ne nourissent pas une famille
On ne saurait faire boire un âne qui n'a pas soif
Dans le cochon, tout est bon

† Molière, citant la *Rhétorique à Hérennius* (alors attribuée à Cicéron) dans *L'Avare*, III, I.

NOMBRE IDÉAL DE CONVIVES

Selon le polygraphe romain Varron, approuvé par Lord Chesterfield, Kant et Thomas De Quincey, le nombre des convives à un dîner ne doit pas être inférieur au nombre des Grâces [3] ni supérieur au nombre des Muses [9].

TABLE DES POURBOIRES

Dans la plupart des pays, le service est compris pour 10 à 20 % dans l'addition. À chacun d'apprécier ensuite quel pourboire mérite le personnel :

addition	12½ %	15 %	20 %	addition	12½ %	15 %	20 %
5	0,63	0,75	1,00	105	13,13	15,75	21,00
10	1,25	1,50	2,00	110	13,75	16,50	22,00
15	1,88	2,25	3,00	115	14,38	17,25	23,00
20	2,50	3,00	4,00	120	15,00	18,00	24,00
25	3,13	3,75	5,00	125	15,63	18,75	25,00
30	3,75	4,50	6,00	130	16,25	19,50	26,00
35	4,38	5,25	7,00	135	16,88	20,25	27,00
40	5,00	6,00	8,00	140	17,50	21,00	28,00
45	5,63	6,75	9,00	145	18,13	21,75	29,00
50	6,25	7,50	10,00	150	18,75	22,50	30,00
55	6,88	8,25	11,00	155	19,38	23,25	31,00
60	7,50	9,00	12,00	160	20,00	24,00	32,00
65	8,13	9,75	13,00	165	20,63	24,75	33,00
70	8,75	10,50	14,00	170	21,25	25,50	34,00
75	9,38	11,25	15,00	175	21,88	26,25	35,00
80	10,00	12,00	16,00	180	22,50	27,00	36,00
85	10,63	12,75	17,00	185	23,13	27,75	37,00
90	11,25	13,50	18,00	190	23,75	28,50	38,00
95	11,88	14,25	19,00	195	24,38	29,25	39,00
100	12,50	15,00	20,00	200	25,00	30,00	40,00

DOSAGE DU VIN

La plupart des vins mousseux étant naturellement très secs, il est nécessaire de les édulcorer par adjonction de sucre. Le dosage définit la dénomination :

dénomination	*sucre ajouté*
brut nature	< 3 g/l
extra brut	< 6 g/l
brut	< 15 g/l
extra dry	12–20 g/l
sec	17–35 g/l
demi-sec	33–50 g/l
doux	> 50 g/l

BÉZOARDS

Les bézoards sont des concrétions de substances étrangères qui se forment dans l'estomac ou le tube digestif ; on en retrouve fréquemment dans le corps de certains animaux, en particulier les ruminants. Ils ont longtemps été prisés pour les pouvoirs "magiques" qu'on leur prêtait : ainsi le *Lapis bezoar orientale,* recueilli dans l'estomac de certaines antilopes et bouquetins, était-il considéré comme un puissant contrepoison. (Le mot bézoard dérive du persan *pad zahr,* littéralement "chasse-poison".) En de rares occasions, généralement liées à des troubles psychiatriques, des bézoards peuvent se former dans le corps humain ; en cas d'obstruction, il faut parfois les retirer par voie chirurgicale. Il existe trois types classiques de bézoard humain :

trichobézoard .... accumulation de cheveux
phytobézoard .... accumulation de matières végétales
trichophytobézoard ...... accumulation de cheveux & de matières végétales

LA CÈNE DE LÉONARD DE VINCI PLAN DE TABLE

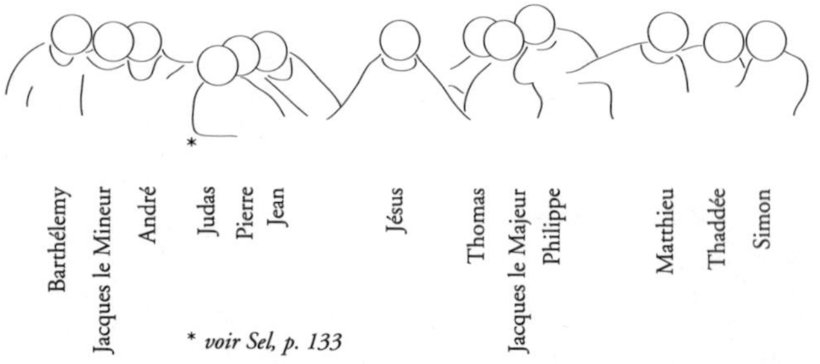

Barthélemy, Jacques le Mineur, André, Judas*, Pierre, Jean, Jésus, Thomas, Jacques le Majeur, Philippe, Matthieu, Thaddée, Simon

* *voir Sel, p. 133*

CUBA, CIGARES & J.F.K.

L'interdiction des cigares cubains aux États-Unis s'inscrit dans un ensemble plus large de sanctions commerciales visant à isoler Cuba économiquement, et à fragiliser ainsi l'autorité de Fidel Castro. Quelque temps après la crise de la baie des Cochons en 1961, le président John F. Kennedy donna à son porte-parole Pierre Salinger l'instruction de lui acheter un millier de cigares Petit Upmann. Le lendemain matin à 8 heures, Salinger faisait livrer dans le bureau ovale 1 200 des havanes favoris du président. Dès réception des cigares, Kennedy prenait sa plume pour signer le décret instaurant l'embargo de tous les produits cubains aux États-Unis.

RÉFRIGÉRATEUR & FREEZER

– DURÉE DE CONSERVATION AU RÉFRIGÉRATEUR –

produit	*jours (approx.)*		
lait	4–5	jambon cuit	2
fromage à pâte molle	2–3	ragoût cuit	2
fromage à pâte dure	7–14	viande en tranches, cuite	2
jus de fruits frais pressés	1–2	poisson cuit	1
œufs frais[§]	14	poisson cru	1–2
légumes cuits	2	volaille crue	2
pommes de terre cuites	2	viande en tranches, crue	2
rôti *(bœuf, agneau…)* cuit	3	viande hachée crue	1
rôti *(bœuf, agneau…)* cru	3	saucisses crues	3

(§ Il faut conserver les œufs au réfrigérateur.)

Consignes de sécurité : Veillez à ne pas surcharger le réfrigérateur, ce qui risquerait d'entraîner une élévation de la température au dessus du niveau de conservation · Stockez les denrées crues dans des récipients fermés pour éviter tout risque de contamination des aliments cuits · Laissez refroidir les aliments cuits avant de les mettre au réfrigérateur · Asssurez-vous régulièrement que la température du réfrigérateur reste bien inférieure à 5°C.

– DURÉE DE CONSERVATION AU FREEZER –

produit	*mois (approx.)*		
crème	6–7	gibier	10–11
fromage à pâte dure	4–5	bœuf haché	3–4
fromage à pâte molle	3–4	légumes verts	10–12
crème glacée	3–5	tomates	6–7
bœuf	4–6	jus de fruit	4–5
poulet	10–12	pain	2–3
agneau	4–5	plats cuisinés[†]	2–5
porc	4–6	poissons gras	3–4
		poissons blancs	6–7

† Les plats cuisinés très épicés peuvent avoir une durée de conservation inférieure.

Consignes de sécurité : Au *moindre* doute sur la durée de conservation d'un produit, vérifiez sur l'emballage ou dans le manuel du freezer · Veillez à ce que le contenu et la date soient indiqués sur les emballages · Stockez les denrées crues à part, au dessous des aliments cuits · Assurez-vous régulièrement que la température du freezer reste bien inférieure à -18°C.

La durée de conservation des produits surgelés au freezer est indiquée sur l'emballage. Sinon la durée dépend du nombre d'étoiles du compartiment :

*[-6°C] …… 1 semaine **[-12°C] ……. 1 mois ***[-18°C]…… 3 mois

MESURES ANGLO-SAXONNES

— POIDS —		— LONGUEUR —		— CAPACITÉ —	
onces	*grammes*	*pouces*	*cm*	*mesures britanniques*	
¼ oz	7	⅛ in	0,3	1 fl.oz *(once liquide)*	3 cl
½	14	¼	0,6	2 fl.oz	6 cl
¾	21	½	1,2	4 fl.oz	12 cl
1	28	¾	1,9	¼ pinte	14,2 cl
2	57	1	2,5	½ pinte	28,4 cl
3	85	1¼	3	1 pinte	56,8 cl
4 *ou* ¼ lb *(livre)*	114	1½	4	2 pintes	1,3 l
5	142	2	5	3 pintes	1,7 l
6	170	2½	6	3½ pintes	2 l
7	199	4	10	1 gallon	4,5 l
8 *ou* ½ lb	227	5	12,5	2 gallons	9 l
9	255	6 *ou* ½ ft *(pied)*	15	*mesures américaines*	
9½	270	7	18		
10	284	8	20,5	1 gill liquide	11,8 cl
10½	298	9	23	1 pinte liq.	47,3 cl
12 *ou* ¾ lb	341	10	25,5	1 quart liq.	94,6 cl
14	397	12 *ou* 1ft	30,5	1 gallon liq.	3,785 l
16 *ou* 1 lb	454	2 ft	61	1 pinte m.s.	55 cl
2¼ lb	1 kg	3 ft	91,5	1 quart m.s.	1,1 l
4½ lb	2 kg	4 ft	122	1 peck m.s.	8,81 l
14 lb = 1 *stone* = 6,4 kg		5 ft	152,5	(m.s. = matière sèche)	

Conversions arrondies. Ne pas mélanger des unités de différents systèmes dans une recette.

MESURES CULINAIRES

contenant	*capacité*	*quantité & ingrédient*	*poids*
1 cuillère à café	0,5 cl	1 c. à. café de levure	≈ 3 g
1 cuillère à soupe	1,5 cl	1 c. à. café de sel/sucre	≈ 5 g
1 tasse à moka	8–9 cl	1 c. à. soupe de café/cacao	≈ 8 g
1 tasse à café	10 cl	1 c. à. soupe de sucre/farine	≈ 15 g
1 tasse à thé	12-15 cl	1 c. à. soupe de crème	≈ 15 g
1 déjeuner	20–25 cl	1 verre de farine/café	≈ 100 g
1 bol	33 cl	1 verre de riz (cru)	≈ 200 g
1 assiette à soupe	25–30 cl	1 verre de semoule	≈ 200 g
1 verre à liqueur	2,5–3 cl	1 verre de sucre	≈ 250 g
1 verre à madère	5–6 cl	1 bol de farine	≈ 300 g
1 verre à bordeaux	10–15 cl	1 bol de sucre	≈ 425 g
1 verre à eau/à moutarde	20–25 cl	1 bol de p. pois/haricots	≈ 440 g

VERRES À BIÈRE

contenance (cl)	*dénominations*
12,5	galopin[F], bock[F], benjamin[B]
20	flûte[B], hollandais[B], galopin[CH]
25	demi[F], bock[F], chope[B], pinte[B]
33	gourde[B], canette[CH], mini[L]
50	chope[F/CH], demi[B], distingué[F], baron[F], pinte[F], sérieux[F]
56,8	chopine[F], pinte[CDN]
1 l	litron[B/CH], chevalier[F], baron[F], parfait[F], double pinte[F], formidable[F]

[F]rance · [B]elgique · [CH]Suisse · [L]uxembourg · [CDN]Canada

CONVERSION DES TEMPÉRATURES

Convertir les ° Celsius en ° Fahrenheit.... multiplier par 1,8 et ajouter 32
Convertir les ° Fahrenheit en ° Celsius..... soustraire 32 et diviser par 1,8
Températures réversibles.................... 16°C ≈ 61°F · 28°C ≈ 82°F
L'eau bout à................ 100°C ; 212°F ; 80°Réaumur ; 373,1 Kelvin
L'eau gèle à........................ 0°C ; 32°F ; 0°Réaumur ; 273,1 Kelvin

TEMPÉRATURES DE FOUR

description	*°F*	*°C*	*thermostat*	*Aga*†
très doux	250	120	3	very cool
	275	140	4	
doux	300	150		cool
	325	165	5	warm
modéré	350	180		
	375	190	6	medium
modéré/chaud	400	200	7	medium high
	425	220		
chaud	450	240	8	high
très chaud	475	260	9	very high

† "Aga" est un acronyme dérivé de la marque *Svenska [A]ktienbolaget [G]as[a]kumulator Co.*

UNITÉS D'APOTHICAIRE

POIDS		MESURES	
20 grains	1 scrupule	20 minimes	1 scrupule liquide
3 scrupules	1 drachme	3 scrupules liq.	1 drachme liq.
8 drachmes	1 once	8 drachmes liq.	1 once liq.
12 onces	1 livre	20 onces liq.	1 pinte

CUISSONS DU SUCRE

nom	température	usages culinaires
NAPPE *ou* NAPPÉ	100°C	*couvrir des fruits de sucre*
PETIT LISSÉ *ou* FILET	103–105°C	*pâte d'amandes*
GRAND LISSÉ *ou* FILET	106–110°C	*fondant, crème au beurre*
PETIT PERLÉ *ou* SOUFFLÉ	110–112°C	*touron, sucre candi*
GRAND PERLÉ *ou* SOUFFLÉ	113–115°C	*marrons glacés, fruits déguisés*
PETIT BOULÉ	115–125°C	*nougat, confitures, caramel mou*
GROS BOULÉ	126–135°C	*guimauve, meringue*
PETIT CASSÉ	136–140°C	*nougat mou*
GRAND CASSÉ	145–150°C	*berlingots, barbe-à-papa*
CARAMEL† CLAIR *ou* DORÉ	151–160°C	*caramel dur, nougatines*
CARAMEL FONCÉ *ou* BRUN	161–180°C	*colorant pour sauces*

† On attribue l'invention du caramel aux Arabes, qui l'ont d'abord utilisé comme produit dépilatoire dans les harems. En arabe, le mot *qandi* signifie "cristaux de sucre".

PLIAGE DE SERVIETTE : "LA VICTOIRE"

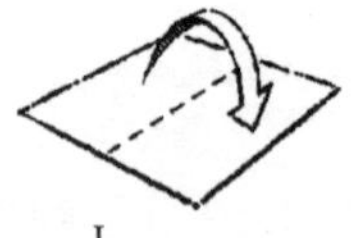
I

II

III

IV

MANGER DU CHIEN

Il existe nombre de façons d'apprêter la viande canine, même si le risque de trichinose rend impérative une cuisson poussée. À Hawaï et à Samoa, on faisait cuire les chiens dans des fours creusés dans le sol après leur avoir brûlé les poils à l'aide de pierres chaudes. Les Chin de Birmanie farcissaient leurs chiens de riz avant de les faire bouillir. Les Mayas élevaient de petits chiens sans poils *(techichis)* destinés à l'alimentation et castrés à la naissance afin qu'ils engraissent. Les Chinois font sécher des pattes de chien *(la tsan)* avec du sel gemme et des graines de sésame, ou les font sauter avec du gingembre et de la pâte de haricot *(nan taso go zo)*. En Indonésie on prépare de la marinade de chien dans du lait de coco *(saté bumbu dendeng)*. Les Suisses ont longtemps apprécié une sorte de carpaccio de viande de chien séchée *(gedörrtes Hundefleisch)*. Au Viêt Nam on fait mijoter du steak de chien dans du vin ; aux Philippines on cuisine un civet de chien *(adobo aso)* avec de l'ail, du vinaigre et du poulet. Selon Porphyre, les Grecs en étaient venus à apprécier par hasard la viande canine : après avoir sacrifié un chien, un prêtre se lécha les doigts et apprécia tant le goût qu'il se régala de la carcasse brûlée.

GUEULE DE BOIS

"La colère des raisins" — JEFFREY BERNARD

Depuis que l'on s'imbibe d'alcool, et que l'on en subit les effets secondaires, une quête presque alchimique s'est engagée pour découvrir l'antidote suprême contre la gueule de bois. Le principe homéopathique qui veut que le mal soit guéri par le mal même *(similia similibus curantur)* est à la base de la plupart des remèdes, qui vont du cognac bu d'un trait jusqu'au Bloody Mary épicé. Voici la recette de quelques antidotes plus élaborés :

LE DOCTEUR · Œuf cru, cognac ou xérès, sucre, lait frais.

L'EMBAUMEUR · Un demi-litre de thé froid, rondelles de citron.

LE CHARBONNIER · Faire fondre du beurre au bain-marie, mélanger une cuillère à café de sauce Worcestershire, la même quantité de jus d'orange, une pincée de poivre de Cayenne et environ un demi-verre de porto vieux. Faire dorer des toasts et les tremper dans cette mixture.

CHAMPAGNE · Souvent donné comme le remède suprême contre la gueule de bois. Certains recommandent d'y ajouter une giclée de cognac, d'autres deux œufs crus : cette dernière concoction s'appelle un MÉDECIN-MAJOR.

LA CANICULE · Cognac, jus de citron, poivre de Cayenne.

ST MARK'S PICK ME UP · 10 larmes de bitter à l'angustura, 10 larmes de bitter à l'orange, un verre de cognac, deux grands verres d'eau, un trait de curaçao, jus de citron. Bien remuer.

L'INFIRMIÈRE · Un grand verre de xérès versé dans un ¼ de litre de lait froid assaisonné de clous de girofle.

LA CURE BALNÉAIRE · Une série de bains, alternativement glacés et le plus chaud qu'on peut supporter.

BRAZIL RELISH · ½ curaçao, un œuf cru, compléter de marasquin.

LAZENBY · Eau chaude infusée au gingembre, miel & clous de girofle.

(Dans l'Antiquité, les Grecs tenaient l' AMÉTHYSTE *pour un antidote contre l'ivresse et accordaient un très grand prix au coupes taillées dans cette pierre.)*

DÉCOUPE DES LÉGUMES AU JAPON

mijin giri.......... en fines lanières
sainomo giri........... en petits dés
senmen giri. éventail de concombre
sogi giri.. longues lamelles obliques
hana giri........ en pétales de fleur
hyoshi giri .... en bâtonnets
sen giri............. en fine julienne
tanzaku giri. lamelles rectangulaires
hangetsu giri .... en demi-lune
icho giri .... en quart de cercle

UNITÉS D'ALCOOL

boisson	*quantité*	*unités d'alcool*	*kilocalories*
cidre, doux	25 cl	1	100
cidre, brut	25 cl	1½–2	130–200
bière, moyenne	25 cl	1	90
bière, forte	25 cl	1½–2	140–220
alcopops	27,5 cl	1½–2	100–250
porto & xérès	25 cl	1	40
spiritueux	25 cl	1	50
vin, 9 %	12,5 cl	1	90
vin, 12 %	12,5 cl	1½	90
vin, 14 %	12,5 cl	2	100

Une unité d'alcool correspond à 8 g ou 10 ml d'alcool pur. La bière est souvent servie en chope de 33 cl ou en pinte de 50 cl, et le vin dans des verres de plus de 12,5 cl (une bouteille de 75 cl ≈ 6 verres de 12,5 cl). L'O.M.S. recommande aux hommes de se limiter à 3 unités d'alcool par jour, aux femmes à 2 unités par jour (0 si elles sont enceintes : voir p. 108).

La consommation totale ne devrait jamais excéder 4 unités par jour.

CONSERVES : DURÉE MAXIMALE DE STOCKAGE

denrée	*mois*
choucroute	14
pamplemousse	18
champignons	20
petits pois	20
jus de pomme	24
abricots	24
cocktail de fruits	24
prunes	24
asperges	24
épinards	24
tomates	24
figues	24
pêches	27
poires	28
pommes	30
carottes	30

(indications approximatives)

MADELEINE DE PROUST

Dans *Du côté de chez Swann* (1913), le premier volume d'*À la recherche du temps perdu,* Proust évoque en une page célèbre "ces gâteaux courts et dodus appelés Petites Madeleines qui semblent avoir été moulés dans la valve rainurée d'une coquille de Saint-Jacques". C'est le goût d'une madeleine trempée dans du tilleul qui permet au Narrateur de retrouver, après bien des années, la mémoire de son enfance. Le "petit coquillage de pâtisserie, si grassement sensuel, sous son plissage sévère et dévot" n'a guère d'importance en lui-même : il vaut surtout pour les souvenirs à demi effacés qui lui sont attachés. Dans les premières versions manuscrites de l'épisode, Proust avait d'ailleurs commencé par attribuer cette fonction mémorative à "quelques tranches de pain grillé", puis à "une petite biscotte".

QUELQUES SALADES

SALADE CÉSAR · laitue romaine, croûtons, œuf mollet, parmesan, anchois, huile d'olive aillée et jus de citron, sauce Worcestershire

SALADE WALDORF · dés de pomme et de céleri, noix et parfois raisins ou dattes, liés avec du jus de citron et une mayonnaise légère, souvent servis sur un lit de laitue [Créée sans doute en 1893 par Oscar Michel Tschirky, maître d'hôtel au Waldorf Astoria de New York]

PANZANELLA · salade de pain rassis, tomates, poivrons, concombre, oignon, anchois, basilic, câpres et olives

SALADE COBB · laitue iceberg, morceaux de dinde ou de poulet rôti, bacon, avocat, œufs durs, tomates, fromage, vinaigrette

SALADE COLESLAW · chou émincé, carottes rapées, oignon, sauce sucrée à la mayonnaise, au jus de citron et au babeurre

SALADE NIÇOISE · mesclun ou roquette, tomates, concombre, poivron, (artichauts violets, févettes), œufs durs, filets d'anchois ou miettes de thon, cébettes, olives noires, basilic, huile d'olive

SALADE RUSSE · dés de pommes de terre, petits pois, carottes et haricots verts liés avec une mayonnaise, servis sur de la laitue et garnis d'œufs durs, de cornichon et de betterave

CUISINE & NONSENSE (II)

Recette de la Tourte aux amblongues

Prenez 4 livres (disons 4 livres ½) d'amblongues bien fraîches, et mettez-les dans un petit poêlon. Couvrez et laissez bouillir pendant 8 heures sans interruption ; ensuite de quoi versez par dessus 2 pintes de lait frais, et faites bouillir pendant 4 heures supplémentaires. Après vous être assuré que les amblongues sont bien tendres, retirez-les du poêlon pour les mettre dans une grande poêle à frire, en les secouant bien au préalable. Râpez dessus un peu de noix de muscade et couvrez soigneusement de gingembre en poudre, de poudre de curry et d'une quantité suffisante de poivre de Cayenne. Emportez la poêle dans la pièce à côté et mettez-la par terre ; puis ramenez-la dans la cuisine et laissez mariner ¾ d'heure. Secouez alors la poêle énergiquement jusqu'à ce que toutes les amblongues aient viré au rouge pâle. Enveloppez-les dans une pâte préparée à l'avance en y ajoutant un petit pigeon, 2 tranches de bœuf, 4 choux-fleurs et n'importe quelle quantité d'huîtres. Surveillez patiemment jusqu'à ce que la croûte lève, en ajoutant une pincée de sel de temps en temps. Servez dans une assiette propre, et jetez le tout par la fenêtre le plus vite possible.

— EDWARD LEAR, *The Nonsense Gazette* (août 1870)

CRIS DES RUES

Louis-Sébastien Mercier écrit dans son *Tableau de Paris* (1783) à propos des marchands ambulants de victuailles : "Il n'y a point de ville au monde où les crieurs et les crieuses de rues aient une voix plus aiguë et plus perçante. Il faut les entendre élancer leur voix par dessus les toits ; leur gosier surmonte le bruit et le tapage des carrefours. ... Tous ces cris discordants forment un ensemble dont on n'a point d'idée lorsqu'on ne l'a point entendu." Quelques-uns de ces cris traditionnels, disparus à la fin du XIXe siècle :

Huître à l'écaille ! · À la mûre mûre ! · À l'anguille qui frétille !
À l'eau, à l'eau, qui veut de l'eau ! · Ma belle oseille, mon beau persil !
Harengs saurs, harengs saurs ! · Échaudés, gâteaux, petits choux chauds !
Coco, coco [cacao], *cette excellente liqueur qui réjouit le cœur !*
Des pommes pour de la ferraille ! · Chicorée sauvage, ma belle capucine !
Oublie, oublie, où est-il !† · *Voilà le plaisir mesdames, voilà le plaisir !*‡
Navets au sucre ! · Mes petits pâtés, tout chauds tout bouillants !
Beurre frais, beurre frais ! · Des raves nouvelles, voilà ma tendrette !
Qui veut du bon lait ! · Ma belle botte d'asperges, la grosse et la verte !
Mes gros marrons cuits, tout chauds ! · Pois ramés, pois écossés !
Du bon boudin, gras et salé ! · Oignons au boisseau, oignons nouveaux !
Chacun sait ce qu'il a à faire !§ · *Oranges et citrons, grenades !*
Artichauts mes beaux, artichauts à la poivrade ! · À tirer la dent !
Voilà de bon vinaigre ! Gagne-petit, gagne-petit ! [rémouleur de couteaux]
À la douce cerise, à la douce, des gros gobets à courte queue !

†*oublies* : fines gaufres rondes ‡ *plaisirs* : oublies roulées en cornet. Les enfants des rues répondaient en écho : *N'en mangez pas mesdames, ça fait mourir !* § Cri du porteur de seaux enveloppé d'un vaste manteau qui permettait de s'abriter pour faire ses besoins en pleine rue.

Mercier note que la répétition avait déformé ces cris jusqu'à l'inintelligible : "Il est impossible à l'étranger de pouvoir comprendre la chose ; le Parisien lui-même ne la distingue jamais que par routine. ... L'idiome de ces crieurs ambulants est tel qu'il faut en faire une étude pour distinguer ce qu'il signifie. Les servantes ont l'oreille beaucoup plus exercée que l'académicien."

VITAMINES DANS LA BIÈRE

Selon la *Wiley Encyclopedia of Food Science and Technology*, une bière américaine "typique" (sans autre précision) contient les vitamines suivantes :

Vitamine	*% AJR par l*	*mg/l*
thiamine	< 2	0,02
riboflavine	20	0,3
acide pantothénique	25	1,0
pyridoxine	20	0,5
biotine	7	0,007
cyanocobalamine	3	0,1

TARTELETTES AMANDINES

Edmond Rostand a situé le second acte de *Cyrano de Bergerac* (1897) dans la boutique de Cyprien Ragueneau (1608-1654), pâtissier établi rue Saint-Honoré à l'enseigne des *Amateurs de Haulte Gresse* et poète amateur. Aussi fait-il débiter à Ragueneau une recette en forme de madrigal galant :

Comment on fait les tartelettes amandines

Battez, pour qu'ils soient mousseux,
Quelques œufs ;
Incorporez à leur mousse
Un jus de cédrat choisi ;
Versez-y
Un bon lait d'amande douce ;

Mettez de la pâte à flan
Dans le flanc
De moules à tartelette ;
D'un doigt preste, abricotez
Les côtés ;
Versez goutte à gouttelette

Votre mousse en ces puits, puis
Que ces puits
Passent au four, et blondines,
Sortant en gais troupelets,
Ce sont les
Tartelettes amandines !

VÉGÉTARIENS CÉLÈBRES

Quelques-unes des figures historiques et des célébrités d'aujourd'hui qui se sont astreintes – de façon plus ou moins stricte – à un régime végétarien :

Mahatma Gandhi	Albert Schweitzer	Steve Jobs
Adolf Hitler†	Benjamin Franklin	Naomi Watts
Léonard de Vinci (?)	James Coburn	Julie Snyder
Pythagore	Madonna	Peter Falk
Paul McCartney	le Dalaï-Lama	Alphonse de Lamartine
Brigitte Bardot	Léon Tolstoï	Joan Baez
Albert Einstein	Tippi Hedren	Mylène Farmer
saint François d'Assise	George Harrison	Charlotte Brontë
Percy Bysshe Shelley	Franz Kafka	Moby
Sénèque	Whitney Houston	Marguerite Yourcenar
Sting	Barbra Streisand	Isaac Bashevis Singer
John Harvey Kellog	Rainer Maria Rilke	Thomas Edison
George Bernard Shaw§	David Duchovny	Penelope Cruz

† Le végétarisme de Hitler, sans doute transitoire et fort peu strict, est souvent contesté.
§ G. Bernard Shaw a un jour décliné une invitation à un banquet végétarien, déclarant : "J'ai été horrifié d'imaginer deux mille personnes croquant du céleri en même temps."

CITATIONS SUR LE VIN

MARÉCHAL DE RICHELIEU · Si Dieu défendait de boire, aurait-il fait ce vin si bon ?

HORACE · Le vin met au jour les secrets cachés de l'âme.

JOSEPH ADDISON · La personne avec qui vous conversez après la troisième bouteille n'est plus celle qui s'est assise à table avec vous.

BALTASAR GRACIÁN · Il y en a qui ne se sont saoulés qu'une seule fois, mais elle leur a duré toute la vie.

GUY DEBORD · J'ai écrit beaucoup moins que la plupart des gens qui écrivent, mais j'ai bu beaucoup plus que la plupart des gens qui boivent.

EURIPIDE · Quand il n'y a plus de vin, il n'y a plus d'amour, ni plus aucun plaisir pour les hommes.

GEORGE HERBERT · Le vin est un renégat : d'abord un ami, ensuite un ennemi.

AMBROSE BIERCE · *Bacchus* : divinité complaisante, inventée par les Anciens pour excuser leurs ivresses.

VICTOR HUGO · Dieu n'avait fait que l'eau, mais l'homme a fait le vin.

GRIMOD DE LA REYNIÈRE · Le vin du crû, un dîner d'amis, et la musique d'amateur sont trois choses également à craindre.

OVIDE · Le vin donne du courage et il rend l'homme capable de passions.

BAUDELAIRE · Un homme qui ne boit que de l'eau a un secret à cacher à ses semblables.

NIDS D'HIRONDELLES

Mets délicat prisé en Chine depuis des siècles, la soupe de nids d'hirondelle est, comme son nom l'indique, un bouillon réalisé avec les matières agglutinées dans les nids de certains martinets et salanganes d'Asie du Sud-Est (les *Collocalia whiteheadi*, généralement). Comme ces nids sont le plus souvent situés sur des rochers escarpés ou dans dans des anfractuosités de falaises, leur collecte est extrêmement périlleuse, et leur prix proportionné. D'ordinaire, les nids sont récoltés au mois de mars ; les collecteurs les plus respectueux attendent l'éclosion des œufs pour commencer la récolte, mais une "guerre des nids" éclate parfois entre collecteurs et braconniers. Les nids sont faits de brindilles, d'algues, de salive et de mucus ; il existe de nombreuses recettes pour les cuisiner, qui consistent géralement à faire tremper les nids pour en enlever les impuretés avant de les faire mijoter doucement pour en exprimer toute la saveur. Une recette plus élaborée consiste à farcir un poulet avec un nid et à le faire bouillir jusqu'à obtenir un consommé.

GRADES DU THÉ

De multiples nomenclatures sont employées pour classer les thés : il y en a trois pour le seul thé vert (une pour le thé vert japonais et deux pour le thé vert chinois, selon qu'il est destiné au marché intérieur ou à l'export). Le système "orthodoxe" des grades rend compte tout à la fois de la taille des feuilles, de leur aspect ainsi que du moment de leur cueillette. Voici la nomenclature de base pour les thés à feuilles entières (d'autres grades existent pour les feuilles brisées, les feuilles broyées et la poudre de thé) :

SFTGFOP .... Special Finest Tippy Golden Flowery Orange Pekoe
FTGFOP .... Finest Tippy Golden Flowery Orange Pekoe
TGFOP .... Tippy Golden Flowery Orange Pekoe
GFOP .... Golden Flowery Orange Pekoe
FOP .... Flowery Orange Pekoe
OP .... Orange Pekoe
FP .... Flowery Pekoe
P .... Pekoe
PS .... Pekoe Souchong

Souchong : feuilles âgées du théier. *Pekoe* : jeunes feuilles, duveteuses et parfois encore enroulées *(flowery)*. *Orange* : feuilles "royales" (en hommage à la famille royale des Orange-Nassau). Les autres indications précisent le nombre et la qualité des bourgeons *(golden tips)*.

ARGOT DE ZINC

antigel, vitriol .... alcool
aviron .... cuillère
badigoinces .... lèvres
barbaque, bidoche .... viande
briffeton, brignolet .... pain
buffet, gidouille .... ventre
cadavre .... bouteille vide
canon, godet .... verre
chancre, crevard, morfal .... goinfre
colbac, cornet .... gosier
fond de culotte .... Suze-cassis
fricotier .... restaurateur
galopin .... la moitié d'un demi
jaunet .... anisette
lisbroqueuse .... urinoir
malaga de boueux .... verre de rouge
mariée .... bière mousseuse
mominette .... pastis
pape .... verre de rhum
perroquet .... pastis à la menthe
pescal, poiscaille .... poisson
picrate, pinard .... vin
pierrot .... verre de blanc
pousse-au-crime .... alcool
sens unique .... verre de rouge
sifflard .... saucisson
tortore .... nourriture
voyageur .... verre de blanc

danser devant le buffet, béqueter à la table qui recule .... jeûner
écorcher le renard .... vomir
être vacciné au salpêtre .... avoir soif
plomber de la gargoine, trouilloter du corridor .... avoir mauvaise haleine

CARÊME ET L'APPÉTIT DU PRINCE

On rapporte le dialogue suivant entre le Prince régent, plus tard roi d'Angleterre sous le nom de George IV, et son cuisinier français Antonin Carême :

LE PRINCE RÉGENT :
Carême, vous me ferez mourir de trop manger, j'ai envie de tout ce que vous me présentez, et c'est trop de tentations en vérité.

ANTONIN CARÊME :
Monseigneur, ma grande affaire est de provoquer votre appétit ; il ne m'appartient pas de le régler.

MITTERRAND ET LES ORTOLANS

L'ortolan est un oiseau minuscule qui ne mesure pas plus de 15 cm du bec jusqu'à la queue. La Fontaine, Fielding, Proust et Colette l'ont célébré dans leurs œuvres, et nombreux sont ceux qui lui ont décerné de fervents éloges :

la chair en est tendre, délicate, succulente, et le goût exquis
AUGUSTE ESCOFFIER

une extase épicurienne … le *transcendentalisme* de la gastronomie
ALEXIS SOYER

Heureux le palais qui le recueille !
GRIMOD DE LA REYNIÈRE

En France, s'il est illégal de chasser, d'acheter et de manger des ortolans, les infractions à la loi sont monnaie courante. L'un des plus célèbres contrevenants fut François Mitterrand, qui se régala d'ortolans lors de son ultime repas. Atteint d'un cancer en phase terminale, conscient de l'imminence de sa mort, l'ancien président réunit ses proches pour un dernier banquet, le 31 décembre 1995, dans sa bergerie landaise de Latche. Quatre plats furent servis : huîtres de Marennes, foie gras, chapon rôti et ortolans. La méthode traditionnelle selon laquelle on prépare et l'on mange les ortolans est aussi pittoresque que barbare : capturés vivants, gavés de baies et de grains jusqu'à quadrupler leur poids, ils sont noyés dans du cognac, plumés et rôtis. Chaque convive décapite son ortolan d'un coup de dents puis l'engloutit d'une seule bouchée, tout entier (os et viscères compris), en se cachant la tête sous une serviette – pour dérober au regard de Dieu le spectacle de tant de cruauté et de gloutonnerie. Manger plus d'un ortolan est considéré comme un excès ; le président mourant en prit un second – probablement le dernier mets à franchir ses lèvres avant sa mort, une semaine plus tard.

RÉGIMES VÉGÉTARIENS

Un régime étant toujours une affaire très personnelle, cette liste ne peut donner que des indications générales, non de strictes définitions : certains excluront ainsi totalement un aliment que d'autres se contenteront d'éviter.

VÉGÉTARIEN · appellation vague, communément employée pour qualifier quelqu'un qui s'abstient de consommer de la viande.

LACTO-VÉGÉTARIEN · exclut tous les aliments d'origine animale sauf les laitages.

LACTO-OVO-VÉGÉTARIEN · exclut tous les aliments d'origine animale sauf les laitages et les œufs.

OVO-VÉGÉTARIEN · exclut tous les aliments d'origine animale sauf les œufs.

CRUDI-VÉGÉTARIEN · consomme des fruits, des noix, des graines, des légumes et des germes. Les crudivores s'abstiennent de cuire leurs aliments afin d'en préserver les enzymes.

PESCO-VÉGÉTARIEN · végétarien qui consomme poisson et crustacés.

VÉGÉTALIEN · végétarien "strict" excluant toute nourriture qui implique la mort d'un animal. Beaucoup évitent aussi le miel, le sucre et la gélatine ; un VEGAN s'abstiendra même d'utiliser du cuir, de la laine, de la soie, de la cire, etc.

MACROBIOTIQUE · régime végétalien fondé sur le principe du yin et du yang, restreint aux céréales et aux légumes – si possible biologiques, de saison, cultivés localement et cuits à l'eau ou à la vapeur.

FRUITARIEN · exclut toute nourriture hormis les fruits, les noix et les graines ; se limite parfois aux fruits et légumes que l'on peut recueillir sans détruire la plante.

LAPIN GALLOIS

L'en-cas britannique baptisé *Welsh rabbit* – littéralement, "lapin gallois" – ne contient pas de lapin : il s'agit d'un toast grillé doré à la graisse de rognon de veau, nappé de cheddar fondu dans de la bière blonde et de moutarde douce. Le nom doit plutôt se comprendre *Welsh rarebit* – "délice gallois".

BOISSONS CAFÉINÉES

boisson	*caféine (mg)*
café filtre (175 ml)	105
café instantané (1 c.à.c. · 175 ml)	60
café décaféiné (175 ml)	2
thé (175 ml)	35
cola (175 ml)	40–50
cola décaféiné (350 ml)	traces
chocolat chaud (175 ml)	4

ADDITIFS E

Catégories d'additifs E

100–199 ... colorants alimentaires
200–299 ... conservateurs
300–399 ... antioxydants, phosphates, agents de texture
400–499 ... épaississants, gélifiants, phosphates, émulsifiants
500–599 ... sel & composés
600–699 ... exhausteurs de goût
700–899 ... *additifs non destinés à l'alimentation humaine*
900–999 ... agents d'enrobage, gaz, édulcorants
1000–1399 ... divers
1400–1499 ... amidon modifié

Liste des additifs E

E100 ... Curcumine
E101 ... Riboflavine, lactoflavine
E102 ... Tartrazine
E104 ... Jaune de quinoléine
E110 ... Jaune orangé S
E120 ... Cochenille, acide carminique
E122 ... Azorubine, carmoisine
E123 ... Amarante
E124 ... Ponceau 4R, rouge cochenille A
E127 ... Érythrosine
E128 ... Rouge 2G
E129 ... Rouge allura AC
E131 ... Bleu patenté V
E132 ... Indigotine, carmin d'indigo
E133 ... Bleu brillant FCF
E140 ... Chlorophylles
E141 Complexes cuivriques des chlorophylles et des chlorophyllines
E142 ... Vert acide brillant BS
E150a ... Caramel ordinaire
E150b ... Caramel de sulfate caustique
E150c ... Caramel ammonial
E150d .. Caramel au sulfate d'ammonium
E151 ... Noir brillant BN
E153 ... Charbon végétal
E154 ... Brun FK
E155 ... Brun HT
E160a ... Caroténoïdes mélangés
E160b ... Rocou, bixine, narbixine
E160c ... Extrait de paprika, capsanthine, capsorubine
E160d ... Lycopène
E160e ... bêta-apocaroténal-8' (C30)
E160f ... Ester éthylique de l'acide bêta-apocaroténique-8' (C30)
E161b ... Lutéine
E161g ... Canthaxanthine
E162 ... Bétanine, rouge de betterave
E163 ... Anthocyanes
E170 ... Carbonate de calcium
E171 ... Bioxide de titane
E172 ... Oxydes et hydroxydes de fer
E173 ... Aluminum
E174 ... Argent
E175 ... Or
E180 ... Pigment rubis, lithol-rubine BK
E200 ... Acide sorbique
E202 ... Sorbate de potassium
E203 ... Sorbate de calcium
E210 ... Acide benzoïque
E211 ... Benzoate de sodium
E212 ... Benzoate de potassium
E213 ... Benzoate de calcium
E214 ... P-hydroxybenzoate d'éthyle
E215 ... P-hydroxybenzoate de sodium
E216 ... P-hydroxybenzoate de propyle
E217 ... P-hydroxybenzoate de sodium
E218 ... P-hydroxybenzoate de méthyle
E219 ... P-hydroxybenzoate de sodium
E220 ... Anhydride sulfureux
E221 ... Sulfite de sodium
E222 ... Sulfite acide de sodium
E223 ... Disulfite de sodium
E224 ... Disulfite de potassium
E226 ... Sulfite de calcium
E227 ... Sulfite acide de calcium
E228 ... Sulfite acide de potassium
E230 ... Biphényle, diphényle
E231 ... Orthophénylphénol
E232 ... Orthophénylphénate de sodium
E233 ... Thiabendazole
E234 ... Nisine
E235 ... Natamycine
E239 ... Hexaméthylène tétramine
E242 ... Dicarbonate de diméthyl
E249 ... Nitrite de potassium
E250 ... Nitrite de sodium
E251 ... Nitrate de sodium
E252 ... Nitrate de potassium
E260 ... Acide acétique
E261 ... Acétate de potassium
E262 ... Acétate & diacétate de sodium
E263 ... Acétate de calcium
E270 ... Acide lactique
E280 ... Acide propionique
E281 ... Propionate de sodium
E282 ... Propionate de calcium
E283 ... Propionate de potassium
E284 ... Acide borique
E285 ... Tétraborate de sodium (borax)
E290 ... Dioxyde de carbone
E296 ... Acide malique
E297 ... Acide fumarique
E300 ... Acide ascorbique
E301 ... Ascorbate de sodium
E302 ... Ascorbate de calcium
E304 ... Esters d'acides gras de l'acide ascorbique
E306 ... Extrait riche en tocophérols
E307 ... Alphatocophérol
E308 ... Gammatocophérol
E309 ... Deltatocophérol
E310 ... Gallate de propyle
E311 ... Gallate d'octyle
E312 ... Gallate de dodécyle
E315 ... Acide érythorbique
E316 ... Érythorbate de sodium
E320 ... Butylhydroxyanisol (BHA)
E321 ... Butylhydroxytoluène (BHT)
E322 ... Lécithines
E325 ... Lactate de sodium
E326 ... Lactate de potassium
E327 ... Lactate de calcium
E330 ... Acide citrique
E331 ... Citrates de sodium
E332 ... Citrates de potassium
E333 ... Citrates de calcium
E334 ... Acide tartrique
E335 ... Tartrates de sodium
E336 ... Tartrates de potassium
E337 ... Tartrate de potassium sodium
E338 ... Acide orthophosphorique
E339 ... Orthophosphates de sodium
E340 ... Orthophosphates de potassium
E341 ... Orthophosphates de calcium
E343 ... Phosphates de magnésium
E350 ... Malates de sodium
E351 ... Malates de potassium
E352 ... Malates de calcium
E353 ... Acide métatartarique
E354 ... Tartrate de calcium
E355 ... Acide adipique
E356 ... Adipate de sodium
E357 ... Adipate de potassium
E363 ... Acide succinique
E380 ... Citrate de triammonium
E385 ... Éthylène-diamine-tétra-acétate de calcium disodium
E400 ... Acide alginique
E401 ... Alginate de sodium
E402 ... Alginate de potassium
E403 ... Alginate d'ammonium
E404 ... Alginate de calcium
E405 ... Alginate de propylène-glycol
E406 ... Agar-agar
E407 ... Carraghen
E407a ... Algue Euchema transformée
E410 ... Farine de graines de caroube
E412 ... Gomme de guar
E413 ... Gomme adragante
E414 Gomme d'acacia (gomme arabique)
E415 ... Gomme Xanthane
E416 ... Gomme Karaya
E417 ... Gomme Tara
E418 ... Gomme Gellane
E420 ... Sorbitol
E421 ... Mannitol
E422 ... Glycérol

ADDITIFS E

E425 ... Glucomannane (Konjac)
E431 ... Stéarate de polyoxyéthylène (40)
E432 ... Monolaurate de polyoxyéthylène sorbitane (polysorbate 20)
E433 ... Monooléate de polyoxyéthylène sorbitane (polysorbate 80)
E434 Monopalmitate de polyoxyéthylène sorbitane (polysorbate 40)
E435 ... Monostéarate de polyoxyéthylène sorbitane (polysorbate 60)
E436 ... Tristéarate de polyoxyéthylène sorbitane (polysorbate 65)
E440 ... Pectines
E442 ... Phosphatides d'mmonium
E444 ... Acétate isobutyrate de saccharose
E445 . Esters glycériques de résine de bois
E450 ... Diphosphates
E451 ... Triphosphates
E452 ... Polyphosphates
E459 ... Bêta-cyclodextrine
E460 ... Cellulose microcristalline
E461 ... Méthylcellulose
E463 ... Hydroxypropylcellulose
E464 ... Hydroxypropylméthylcellulose
E465 ... Ethylméthylcellulose
E466 ... Carboxyméthylcellulose
E468 ... Carboxyméthylcellulose de sodium réticulé
E469 .. Carboxyméthylcellulose hydrolisée de manière enzymatique
E470a ... Sels de sodium, potassium & calcium des acides gras alimentaires
E470b. Sels de magnésium des acides gras
E471 .. Mono & diglycérides d'acides gras
E472a ... Ester acétique des mono- & diglycérides d'acides gras
E472b ... Ester lactique des mono- & diglycérides d'acides gras
E472c ... Ester citrique des mono- & diglycérides d'acides gras
E472d ... Ester tartrique des mono- & diglycérides d'acides gras
E472e .. Ester mono- & diacétyl tartrique des mono- & diglycérides d'acides gras
E472f ... Esters acétiques & tartriques des mono- & diglycérides d'acides gras
E473 ... Sucroesters d'acides gras
E474 ... Sucroglycérides
E475 . Esters polyglycériques d'acides gras
E476 ... Polyricinoléate de polyglycérol
E477 ... Esters du propylène-glycol (propane 1,2-diol) d'acides gras
E479b Huile de soja oxydée par chauffage
E481 ... Stéaroyl-2-lactylate de sodium
E482 ... Stéaroyl-2-lactylate de calcium
E483 ... Tartrate de stéaryle
E491 ... Monostéarate de sorbitane
E492 ... Tristéarate de sorbitane
E493 ... Monolaurate de sorbitane
E494 ... Monooléate de sorbitane
E495 ... Monopalmitate de sorbitane
E500 ... Carbonates de sodium
E501 ... Carbonates de potassium
E503 ... Carbonates d'ammonium
E504 ... Carbonates de magnésium
E507 ... Acide chlorhydrique
E508 ... Chlorure de potassium
E509 ... Chlorure de calcium
E511 ... Chlorure de magnésium
E512 ... Chlorure d'étain
E513 ... Acide sulfurique
E514 ... Sulfates de sodium
E515 ... Sulfates de potassium
E516 ... Sulfate de calcium
E517 ... Sulfate d'ammonium
E520 ... Sulfate d'aluminium
E521 ... Sulfate d'aluminium sodique
E522 ... Sulfate d'aluminium potasssique
E523 ... Sulfate d'aluminium ammonique
E524 ... Hydrocyde de sodium
E525 ... Hydrocyde potassium
E526 ... Hydrocyde de calcium
E527 ... Hydrocyde d'ammonium
E528 ... Hydrocyde de magnésium
E529 ... Oxyde de calcium
E530 ... Oxyde de magnésium
E535 ... Ferrocyanure de sodium
E536 ... Ferrocyanure de potassium
E538 ... Ferrocyanure de calcium
E541 ... Phosphate d'aluminium sodique
E551 ... Dioxyde de silicium
E552 ... Silicate de calcium
E553a ... Silicates de magnésium
E553b ... Talc
E554 ... Silicate alumino-sodique
E555 ... Silicate alumino-potassique
E556 ... Silicate alumino-calcique
E558 ... Bentonite
E559 ... Silicate d'aluminium (kaolin)
E570 ... Acides gras
E574 ... Acide gluconique
E575 ... Glucono-delta-lactone
E576 ... Gluconate de sodium
E577 ... Gluconate de potassium
E578 ... Gluconate de calcium
E579 ... Gluconate ferreux
E585 ... Lactate ferreux
E620 ... Acide glutamique
E621 ... Glutamate monosodique
E622 ... Glutamate monopotassique
E623 ... Diglutamate de calcium
E624 ... Glutamate d'ammonium
E625 ... Diglutamate de magnésium
E626 ... Acide guanylique
E627 ... Guanylate disodique
E628 ... Guanylate dipotassique
E629 ... Guanylate de calcium
E630 ... Acide inosinique
E631 ... Inosinate disodique
E632 ... Inosinate dipotassique
E633 ... Inosinate de calcium
E634 ... 5'-ribonucléotide calcique
E635 ... 5'-ribonucléotide disodique
E640 ... Glycine & son sel de sodium
E650 ... Acétate de zinc
E900 ... Diméthylpolysiloxane
E901 ... Cire d'abeille blanche & jaune
E902 ... Cire de candelilla
E903 ... Cire de carnauba
E904 ... Shellac
E905 ... Cire microcristalline
E912 ... Esters de l'acide montanique
E914 ... Cire de polyéthylène oxydée
E920 ... L-cysteïne
E927b ... Carbamide
E938 ... Argon
E939 ... Hélium
E941 ... Azote
E942 ... Protoxyde d'azote
E943a ... Butane
E943b ... Isobutane
E944 ... Propane
E948 ... Oxygène
E949 ... Hydrogène
E950 ... Acesulfame K
E951 ... Aspartame
E952 . Acide cyclamique & sels de Na, Ca
E953 ... Isomalt
E954 .. Saccharine & sels de Na, K & Ca
E957 ... Thaumatine
E959 ... Néohespéridine DC
E965 ... Maltitol
E966 ... Lactitol
E967 ... Xylitol
E999 ... Extraits de quillaia
E1103 ... Invertase
E1105 ... Lysozyme
E1200 ... Polydextrose
E1201 ... Polyvinylpyrrolidone
E1202 ... Polyvinylpolypyrrolidone
E1404 ... Amidon oxydé
E1410 ... Phosphate d'amidon
E1412 ... Phosphate de diamindon
E1413 Phosphate de diamidon phosphaté
E1414 ... Phosphate de diamidon acétylé
E1420 ... Amidon acétylé
E1422 ... Adipate de diamidon acétylé
E1440 ... Amidon hydroxypropylé
E1442 ... Phosphate de diamidon hydroxypropylé
E1450 ... Octényl succinate d'amidon sodique
E1451 ... Amidon oxydé acétylé
E1505 ... Citrate de triéthyle
E1518 .. Triacétate de glycéryl (triacétine)
E1520 ... Propylène glycol

BAGELS

Les bagels (*beygls* en yiddish) sont de petits pains en forme d'anneau, à la texture très dense et très ferme, à la surface croustillante et brillante : ils sont confectionnés avec une pâte au levain, pochés à l'eau bouillante puis badigeonnés de jaune d'œuf avant d'être cuits au four. Ces pains juifs traditionnels ont peut-être été inventés en 1683 par un boulanger viennois, mais c'est dans les *shtetl* polonais qu'ils ont connu le succès, puis dans les quartiers juifs de Londres et de New York. Selon Claudia Roden, l'auteur du déjà classique *Livre de la cuisine juive*, "de par leur forme – sans commencement ni fin – les *bagels* symbolisent le cycle éternel de la vie. Jadis, ils étaient censés protéger des démons et des esprits malins, éloigner le mauvais œil et porter chance. Pour toutes ces raisons, on les servait aux circoncisions, quand une femme était en travail, et aux enterrements..."

ÉCHELLE DE BRISTOL

Élaborée en 1992 par K. Heaton *& alii*, l'Échelle de Bristol vise à aider les médecins dans leur diagnostic en classant les excréments en 7 catégories :

1 .... boulettes dures, semblables à des noisettes 1
2 .... en forme de boudin, bosselés 2
3 .... en forme de boudin, fendillés 3
4 .... en forme de boudin ou de banane, lisses et mous 4
5 .... petits étrons, avec des bords nets 5
6 .... mousseux, avec des grumeaux aux bords déchiquetés 6
7 .... entièrement liquides, sans morceaux solides 7

Les selles d'un individu en bonne santé relèvent généralement de la catégorie 3 ou 4.

STEAK FRITES & MYTHOLOGIE

Comme le vin, le bifteck est, en France, élément de base, nationalisé plus encore que socialisé ; il figure dans tous les décors de la vie alimentaire : plat, bordé de jaune, semelloïde, dans les restaurants bon marché ; épais, juteux, dans les bistrots spécialisés ; cubique, le cœur tout humecté sous une légère croûte carbonisée, dans la haute cuisine ; il participe à tous les rythmes, au confortable repas bourgeois et au casse-croûte bohème du célibataire ; c'est la nourriture à la fois expéditive et dense, il accomplit le meilleur rapport possible entre l'économie et l'efficacité, la mythologie et la plasticité de sa consommation. ... Associé communément aux frites, le bifteck leur transmet son lustre national : la frite est nostalgique et patriote comme le bifteck.

— ROLAND BARTHES, *Mythologies*, 1957

SEL

❦ Le sel est la désignation commune du *chlorure de sodium* (NaCl). Composante essentielle d'une alimentation saine (voir p. 91), il définit l'une des cinq *saveurs* fondamentales (voir p. 23). ❦ Bien qu'il *corrode* certaines matières, comme les métaux, le sel a longtemps été utilisé pour *conserver* les viandes et les légumes. ❦ Selon *Plutarque*, le sel est "le plus noble des aliments, car il assaisonne tous les autres". ❦ Dans l'Antiquité, chez les *Grecs* et les *enfants d'Israël*, le sel était symbole d'hospitalité et d'union ; il l'est encore aujourd'hui chez les *musulmans*. En *arabe*, l'expression *manger le sel de quelqu'un* signifie accepter son hospitalité, ce qui implique un devoir de loyauté envers lui. En *russe*, le terme qui exprime l'hospitalité – *khleb-sol'* – signifie littéralement "pain-sel". ❦ En *alchimie*, on considère que le sel procède des quatre *éléments* : "le *feu* libéré des *eaux* de la *terre* par *évaporation*". ❦ Les superstitieux considèrent le fait de *renverser* du sel comme un mauvais présage, mais ils prétendent aussi que le mauvais sort peut être conjuré en jetant une pincée du sel renversé par dessus l'épaule gauche avec la main droite. Dans *La Cène*, Léonard de Vinci représente *Judas* alors qu'il vient de renverser un saleron avec son coude (voir p. 116). Selon Grimod de la Reynière, il ne faut craindre de renverser une salière que dans un bon plat ; mais Saint-Simon raconte qu'en 1716 le *marquis de Montrevel*, maréchal de France renommé pour son courage, fut tellement épouvanté que l'on renverse une salière sur lui qu'il en mourut d'effroi. ❦ Le Christ compare les Apôtres au *"sel de la terre"* [Matthieu 5:13], et la Bible évoque souvent le sel pour symboliser l'*incorruptibilité* : une *alliance de sel* est une alliance qui ne peut être rompue [2 Chroniques 13:5]. ❦ Le mot *salaire* fait référence au sel : en latin, *salarium* désignait la ration de sel donnée au soldat, puis la somme d'argent nécessaire à l'achat de son sel. ❦ Les armées *salaient la terre* pour la rendre stérile et ruiner les futures récoltes de l'ennemi. *Ulysse*, pour éviter d'aller combattre avec les Grecs contre Troie, simula la folie en labourant du sable et en y semant du sel. ❦ Dans la religion *shintô*, le sel joue un rôle dans les cérémonies *funéraires* ; on lui prête des vertus *purificatrices* – c'est pourquoi l'on dispose souvent de petits monticules de sel auprès des puits ou à l'entrée des maisons. ❦ *Stendhal* compare aux cristaux de sel qui recouvrent un rameau jeté dans les salines de Salzbourg la façon dont l'imagination, sous l'empire de l'amour, rapporte toutes les perfections à l'être aimé : c'est la *cristallisation*. ❦ À la Renaissance, chez les rois et les princes, la place d'honneur à table était marquée par une *salière* somptueusement ouvragée, comme celle réalisée par *Benvenuto Cellini* pour François Ier. ❦ En *Inde*, sous l'administration britannique, le sel était contrôlé par un monopole d'État et lourdement taxé. En 1930, sur la plage de Dandi, le *Mahatma Gandhi* enfreignit symboliquement la loi en ramassant une poignée de sel marin. Ce simple geste catalysa un mouvement de désobéissance civile qui contraignit le vice-roi, Lord Irwin, à ouvrir des négociations. ❦ *Satan*, à ce qu'on prétend, détesterait le sel. ❦

MESURES CULINAIRES LAOTIENNES

Équivalent occidental	Terme laotien	*Capacité approximative*
cuillère à soupe	*tem buang ken*	10 ml
petite cuillère	*tem buang*	15 ml
œuf de poule	*khai kai*	45 ml
louche	*jong*	100–285 ml
bol de riz	*tauy mak toom*	140 ml
coupe	*jawk*	285 ml
cruche	*jok*	570 ml

MARDI GRAS AU DORCHESTER

Mardi gras marque le dernier jour du carnaval, avant la période du carême qu'ouvre le mercredi des Cendres. La coutume de manger des crêpes ce jour-là vient peut-être de la nécessité de finir les restes de nourritures proscrites durant le carême. On prête une valeur symbolique aux ingrédients de la pâte : la farine est l'aliment de la vie, le lait symbolise l'innocence et la pureté, le sel l'incorruptibilité, les œufs la création. Quelques crêpes de mardi gras d'après les archives de l'Hôtel Dorchester de Londres :

ST. CLEMENTS
Fourrées à l'orange & au citron, roulées, saupoudrées de sucre, servies avec de la crème Chantilly

DORSET DROP
Garnies de pomme et de groseilles, saupoudrées de noix de coco, sautées à la poêle, servies avec crème épaisse & crème anglaise

DORCHESTER
Garnies de lamelles de poire, roulées, nappées de sauce à la liqueur de poire et dorées dans un four chaud

MARJORIE
Garnies de pêches & crème fouettée puis pliées en deux et cuites au four

SEAFARER
Fourrées de glace à la vanille et nappées de sauce au caramel légèrement arrosée de rhum

LÉGISLATION SUR LES BANQUETS

En 1517, en Angleterre, un édit royal fut proclamé pour tenter de mettre un frein aux excès de table : il réglait le nombre de plats servis au cours d'un repas "sur le rang du plus éminent des convives". Si l'hôte ou l'un des invités était CARDINAL, neuf plats pouvaient être servis en toute légalité ; six plats pour un LORD DU PARLEMENT, trois pour un BOURGEOIS au revenu de 500 £ par an. (En 1336, une loi limitant "les dépenses de bouche extravagantes" défendait à qui que ce soit de manger plus de deux plats par repas.)

ÉPROUVETTES GASTRONOMIQUES

Dans son traité de philosophie culinaire, Jean-Anthelme Brillat-Savarin (voir p. 28) ne craint pas de présenter les gastronomes comme des êtres à part, seuls capables d'éprouver les jouissances du goût : ils se reconnaissent à leurs réactions devant certains mets, dont la seule vue déclenche chez eux de véritables extases gastriques. Trois séries d'"éprouvettes gastronomiques" permettent de les distinguer de la masse des convives indignes :

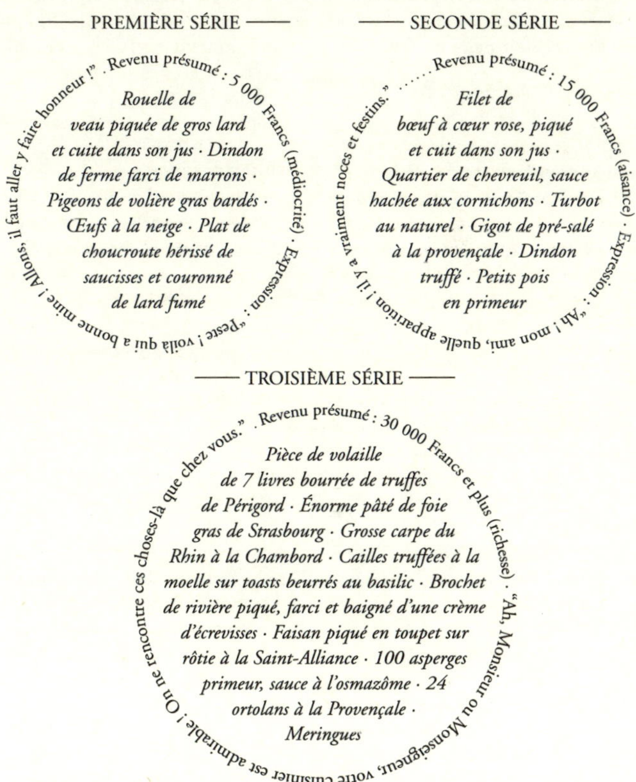

Chaque série correspond à une certaine classe de la société – un financier étant peu sensible à ce qui fait le ravissement d'un petit rentier. En étudiant avec soin la réaction provoquée par chacun des mets (classés par raffinement croissant), on pourra mesurer la sensibilité gastronomique d'un individu.

PICA

Le pica est un trouble du comportement défini par une envie compulsive d'ingérer des substances non-alimentaires, voire non-comestibles†. On l'associe communément aux femmes enceintes, parfois affectées d'envies étranges : terre, charbon, savon, argile… Mais les médecins observent des cas dans d'autres groupes, notamment les jeunes enfants et les handicapés mentaux. Les causes du pica sont mal élucidées ; il semble toutefois que certaines envies extravagantes durant la grossesse soient liées à une carence en fer. La médecine a forgé quantité de termes pour décrire l'ingestion de substances anormales et les troubles physiologiques liés à l'alimentation :

APPÉTENCES NON-ALIMENTAIRES

amylophagie *amidon, blé*
cautopyreiophagie *allumettes brûlées*
coprophagie *excréments*
géomélophagie *p. de terre crues*
géophagie *terre, argile*
hyalophagie *verre*
lithophagie *cailloux*
monophagie *un seul aliment*
pagophagie *glace*
plumbophagie *plomb*
trichophagie *cheveux*

TROUBLES PHYSIOLOGIQUES

aérophagie *ingestion d'air excessive*
bradyphagie *alimentation trop lente*
dysphagie *gêne à la déglutition*
odynophagie *douleur à la déglutition*
polyphagie *faim excessive*
sialophagie *déglutition excessive de salive*

† Le mot vient du latin *pica*, qui désigne la pie – oiseau bien connu pour sa voracité.

ŒUFS D'AUTRUCHE

1 œuf d'autruche équivaut à 24 œufs de poule. Les Khoïkhoï posent un œuf sur des cendres chaudes et en percent la coquille pour faire une omelette.

LES ENFANTS DE LA CHOCOLATERIE

Dans *Charlie et la chocolaterie* de Roald Dahl (1964), cinq enfants chanceux trouvent les tickets d'or ouvrant les portes de la chocolaterie de Willy Wonka. À part le héros, Charlie Bucket, tous verront leur comportement d'enfants gâtés et gloutons puni par une fin pitoyable, et souvent gluante :

Augustus Gloop *noyé dans la rivière de chocolat & aspiré par un tuyau*
Violette Beauregard *changée en myrtille par un chewing gum expérimental*
Veruca Salt *attaquée par des écureuils décortiqueurs de noix*
Mike Teavee *rapetissé par la caméra à téléviser le chocolat*

CAVIAR

Le caviar est une préparation d'œufs d'esturgeon salés qui tire son nom du mot turc *khavia.* (Le terme russe est *ikra.*) Les fins gourmets affirment que le meilleur caviar provient de la mer Caspienne et que les meilleurs œufs sont ceux de trois espèces d'esturgeon – ici données par ordre de prix :

Nom (espèce)	*Œufs par gramme*	*Couleur*
BÉLUGA *(Acipenser huso)*	30	gris clair à gris foncé
OSCIÈTRE *(Acipenser guldenstaedti)*	50	gris foncé à brun mordoré
SÉVRUGA *(Acipenser stellatus)*	70	gris foncé à noir

Le caviar fut introduit en France dans les années 1920 par Melkom et Mougcheg Petrossian, deux frères russes étonnés de voir un mets si prisé dans leur pays inconnu à Paris, capitale mondiale de la gastronomie. Quand les Petrossian organisèrent des dégustations de caviar au Grand Palais, lors de l'Exposition universelle de 1925, ils durent tout de même prévoir des crachoirs pour se prémunir contre la première réaction du public.

L'ADDITION !

Allemand	die Rechnung, bitte
Anglais	the bill, please
Arabe	*al-Hisaab, low samaht*
Bavarois	*tsoin !*
Bulgare	*molya, smetkata*
Chinois	*qing jié zhàng ba*
Espagnol	la cuenta, por favor
Estonien	Palun arve
Finnois	haluaisin maksaa
Grec	*toh logaree-azmo, parakalo*
Hébreu	*efshar lekabel et ha-kheshbon, bevakasar*
Hollandais	de rekening, alstublieft
Italien	il conto, per favore
Japonais	*o-kanjoo onegai shimasu*
Letton	ludzu rekinu
Morse	.—.. / .— —.. —.. .. — .. ——— —. / ... ...— .—.
Polonais	poprosze rachunek
Portugais	a conta, por favor
Serbo-croate	racun, molim
Swahili	unaweza kunipa jumla ya hesabu ?
Tchèque	prosim ucet
Turc	hesabi, lüften

Sans oublier le code international consistant à faire mine de signer en l'air. (Italiques = phonétique)

ÉQUATION DE HARRIS & BENEDICT

L'équation de Harris & Benedict est l'une des formules employées pour calculer les besoins énergétiques quotidiens, ou métabolisme de base (MB). Le MB correspond à l'énergie requise pour 24 heures de relative inactivité.

MB pour une femme (en kilocalories/jour) =
655 + (9,5 × poids en kg) + (1,9 × taille en cm) – (4,7 × âge en années)

MB pour un homme (en kilocalories/jour) =
66 + (13,8 × poids en kg) + (5 × taille en cm) – (6,8 × âge en années)

FUGU

En japonais, le mot *fugu* désigne certaines espèces de poisson-lune, les plus appréciées étant le *fugu rubripes* (torafugu) et le *fugu porphyreus* (mafugu). Le fugu doit sa célébrité internationale au fait que ses intestins, son foie, ses ovaires et sa peau contiennent de la tétrodotoxine, un poison mille fois plus puissant que le cyanure. Bien qu'elle ne soit pas nécessairement fatale (les chances de survie sont de 40 %), l'action de la tétrodotoxine est foudroyante : en quelques minutes, elle bloque le passage des influx nerveux, causant évanouissements, nausées, diarrhées, engourdissements. Dans les cas les plus graves, le poison entraîne des convulsions et une paralysie du système respiratoire, parfois fatale dans l'heure qui suit. Chaque année, quelques gourmets téméraires et malchanceux décèdent après avoir consommé du fugu. La plus célèbre de ces victimes est l'acteur de kabuki Mitsugoro Bando VIII (mort en 1975). On pense aussi qu'en 1774, le capitaine Cook aurait subi une intoxication bénigne au fugu en Nouvelle-Calédonie. Dans *Bons baisers de Russie* de Ian Fleming, James Bond est blessé par l'agent du SMERSH Rosa Klebb, qui a dissimulé dans sa bottine une lame empoisonnée ; on apprend dans *Dr. No* que le poison est la tétrodotoxine du fugu. Comme Sir James Molony le dit à M, *"on peut faire confiance aux Russes pour employer une substance dont personne n'a jamais entendu parler"*.

Au Japon, seuls les cuisiniers détenteurs d'une licence d'État sont autorisés à préparer le fugu. Dans la préfecture de Tokyo, un examen annuel est organisé en août ; pour s'inscrire, il faut être majeur, avoir un casier judiciaire vierge, une bonne vue (lunettes autorisées), et avoir passé deux ans au moins en apprentissage chez un cuisinier diplômé. Les frais d'inscriptions sont de 17 900 ¥ (environ 130 €). L'examen comporte une épreuve écrite sur le fugu et sa réglementation, ainsi qu'une épreuve pratique consistant à identifier cinq types de fugus, à retirer les glandes toxiques d'un fugu et à le préparer de trois façons – chiri, kawahiki et sashimi. Les cuisiniers peuvent se voir retirer leur licence s'ils en font bénéficier un cuisinier non diplômé, font commerce de poissons interdits, manipulent le fugu ailleurs que dans une zone de préparation spécifique, ou enfreignent les règles de sécurité draconiennes. Les viscères de fugu doivent être conservés dans un récipient fermé à clé avant d'être brûlés.

BRIGADES DE RESTAURANT

PERSONNEL D'UN RESTAURANT MODERNE	BRIGADE DE CUISINE TRADITIONNELLE
Directeur	Chef de Cuisine
Gérant	Sous-Chef
Premier Maître d'Hôtel	Chef de Partie
Maître d'Hôtel	Garde-Manger
Chef de Rang	Boucher
Demi Chef de Rang	Sauciers
Commis de Rang	Poissoniers
Commis Débarrasseur	Entremettiers
——	Rôtisseurs
Chef Sommelier	Brocheurs
Sommelier	Potagers
Commis Sommelier	Grillardins
——	Cocottiers
Chef de Cuisine	Frituriers
Second	Fourniers
Premier Sous-Chef	Touriers
Sous-Chef	Confiseurs
Chefs de Partie (Chaud, Froid)	Glaciers
Demi-Chefs	Pâtissiers
Commis	Chef de Nuit
Apprentis	Communard†
——	Trancheurs
Chef Pâtissier	Apprenti
Pâtissier	Aboyeur
——	Plongeur
Plongeur	† *responsable des repas du personnel*

KOPI LUWAK

Souvent présenté comme le café le plus cher du monde, le *Kopi Luwak* doit cette distinction à son origine "organique". La civette palmiste *(Paradoxurus hermaphrodites)* est un petit carnivore arboricole qui vit dans les plantations de café du Sud-Est asiatique. Elle se nourrit de petits mammifères et d'insectes, mais aussi de fruits et de baies, avec une prédilection pour les grains de café les plus mûrs. Ces grains passent dans le système digestif de la civette, qui les rejette intacts dans ses excréments après les avoir soumis à l'action de ses enzymes et sucs gastriques. Lavés, torréfiés et moulus, ces grains produisent un café d'une saveur très particulière, riche, profonde, "fermentée". Le *Kopi Luwak* se négocie environ 200 $ la livre.

LE PUDDING DE NOËL DE Mrs. BEETON

INGRÉDIENTS POUR 8–9 PERSONNES :
½ livre de graisse de rognon de bœuf · 2 onces [60 g] de farine
½ livre de raisins secs · ¼ de livre d'écorces de fruits confits
½ noix de muscade finement rapée · 1 verre de lait
1 c. à soupe de quatre-épices · 1 c. à soupe de cannelle en poudre
1 verre de rhum ou d'eau-de-vie · ½ livre de chapelure
½ livre de raisins de Smyrne · ½ livre de raisins de Corinthe · 1 citron
2 onces [60 g] de noix de coco en poudre · 4 œufs · 1 pincée de sel

PRÉPARATION : Couper la graisse de rognon de bœuf en menus morceaux. Laver et épépiner les raisins, hacher les écorces de fruits confits et le zeste du citron. Verser tous les ingrédients secs dans une terrine, et bien mélanger. Ajouter le lait, incorporer les œufs un à un en les battant, ajouter le rhum ou l'eau-de-vie et le jus du citron pressé. Pétrir le tout énergiquement pendant quelques minutes, de façon à obtenir un mélange homogène. Placer la pâte dans une terrine graissée ou l'envelopper dans un linge graissé ou fariné. — CUISSON : 4 heures dans l'eau bouillante ou 5 heures au moins au bain-marie. Laisser reposer 3 semaines au frais.

Servir brûlant, flambé au cognac ou à l'eau-de-vie, & décoré avec du houx.

PAINS DE FRANCE & D'AILLEURS

À chaque pays et chaque culture ou presque ses pains caractéristiques – qu'ils se distinguent par les ingrédients, la forme, la cuisson ou par les cérémonies auxquelles ils sont associés : *pistolet* en Belgique ; *focaccia, ciabatta, biova, panettone* et *pagnotta* en Italie ; *Bauerruch, Birnbrot, Bangeli* et *Wegglitag* en Suisse ; *julekage* et *fasterlavnsboiller* au Danemark ; *halkaka* et *rieska* en Finlande ; *rosquilha* et *broa de milho* au Portugal ; *Pumpernickel, Landbrot* et *Mandelbrot* en Allemagne ; *pan cateto, hornazo* et *ensaimada* en Espagne ; *man to* en Chine ; en Grèce *daktyla* ; *mankoush* au Liban ; *pideh* en Arménie ; *challah, sumsums, matzo* et *kubaneh* en Israël ; *sourdough* aux États-Unis ; *paratha, chapati, naan, poori* et *roti* en Inde ; *damper bread* en Australie ; *bloomer, hot-cross bun, crumpet, lardy-cake* et *huffkin* en Angleterre ; *bara brith* au Pays de Galles ; *soda bread* et *boxty* en Irlande ; *oatcake* et *bannock* en Écosse ; etc. Rien qu'en France, les appellations et variétés régionales sont innombrables : *brié* de Normandie, *charleston* de l'Aude, *cordon* de Côte-d'Or, *coupiette* de Corse, *faluche* du Nord, *fouace* d'Anjou, *fouée* de Touraine, *maigret* de Mayenne, *mirau* des Côtes-d'Armor, *polka* du Centre, *porte-manteau* de Haute-Garonne, *ravaille* d'Ariège, *régence* de Picardie, *tabatière* du Doubs, *tignolet* du Pays basque, *tordu* et *coiffé* des Pyrénées, *tourton* de Vendée…

RÔTI FAÇON POUPÉES RUSSES

Préparer un rôti en poupées russes est une affaire méticuleuse (il est sage de désosser tous les volatiles plus gros que l'alouette), et délicate : une fois le monstre confectionné, combien de temps le faire cuire ? 18 h de cuisson modérée semble raisonnable ; à ce stade, vérifiez qu'il ne coule plus de sang.

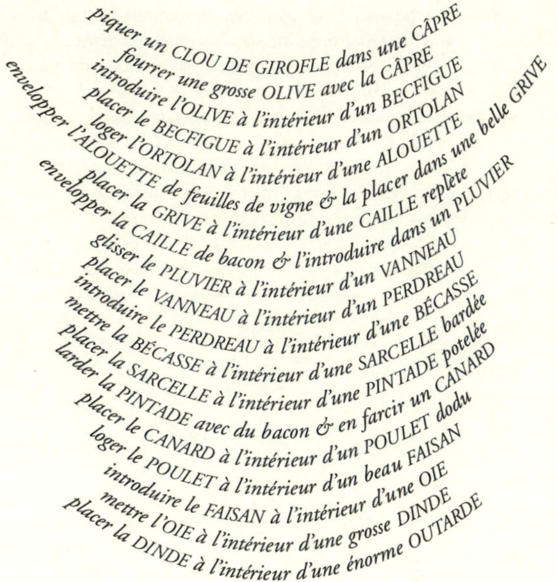

LA COCHONNERIE DU Sr. DE VAUBAN

Surtout connu en tant qu'ingénieur et architecte militaire, Sébastien Le Prestre, marquis de Vauban (1633-1707) est aussi l'auteur d'un traité visant à remédier aux famines paysannes par le développement de l'élevage porcin : *La Cochonnerie, ou calcul estimatif pour connaître jusqu'où peut aller la production d'une Truie, pendant dix années de temps*, recueilli dans ce qu'il a intitulé ses *Oisivetés*. Le calcul se fonde sur la fécondité exceptionnelle de la truie, qui dès "la seconde année de son âge porte une ventrée de six cochons", puis deux ventrées de six cochons par an jusqu'à sa sixième année : de sorte qu'à la onzième année, la descendance d'une truie devrait se monter à 6 434 338 cochons dont 3 217 437 femelles – "défalcation faite des maladies, des accidents & de la part des loups pour 1/15e".

CHAMPIGNONS VÉNÉNEUX

On recense des cas d'empoisonnement par champignons (accidentels ou non) depuis que l'on en fait la cueillette. On pourrait dresser la liste insolite des figures illustres qui en furent victimes ; elle comprendrait le pape Clément VII, l'empereur Dioclétien et l'empereur Charles VII. Euripide aurait perdu sa femme, ses deux fils et sa fille un même jour après un repas de champignons toxiques ; et selon Pline, l'empereur Claude fut empoisonné avec un plat de champignons sur l'ordre de sa femme Agrippine. Les effets d'un empoisonnement fongique peuvent aller de l'indigestion bénigne, des crampes abdominales et des nausées jusqu'à des douleurs aiguës, la perte de conscience, voire la mort. L'incubation dure de quelques heures à quelques jours ; il existe même une variété de cortinaire *(Cortinarius orellanus)* dont l'effet létal peut se manifester plus de deux semaines après l'ingestion. Il convient donc d'être très prudent avec tous les champignons. Ci-dessous, quelques-unes des espèces les plus redoutables :

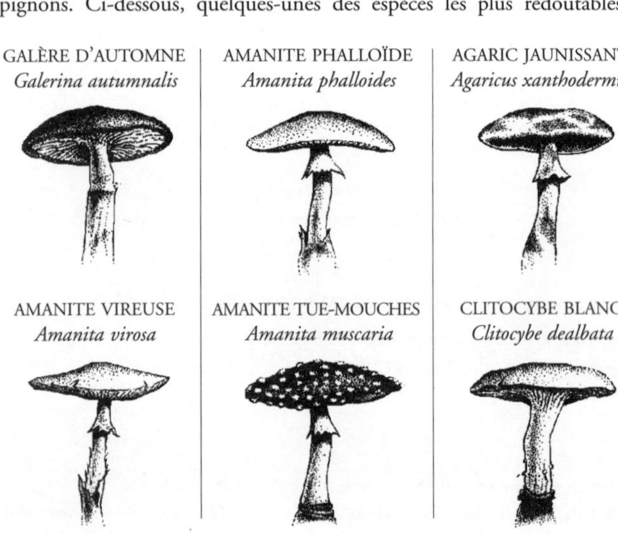

Certaines espèces de champignons peuvent se révéler encore plus toxiques pour peu que l'on boive de l'alcool en les mangeant – par exemple le coprin noir d'encre *(Coprinus atramentarius)* et le bolet blafard *(Boletus luridus)*.

UBUKASHYA

En Zambie, dans l'ethnie Bemba, on appelle la famine *Ubukashya*.

PUNCH

Description du punch qui fut servi lors d'un banquet donné en 1746 par Sir Edward Russell, Commandant-en-chef des forces britanniques :

> *En guise de bol, on avait utilisé le bassin de marbre d'un merveilleux jardin, à la croisée de quatre vastes allées bordées d'orangers et de citronniers. Une collation somptueuse était servie sur quatre tables immenses, dressées le long des allées. Le bassin avait été rempli avec quatre grandes barriques de cognac, huit tonneaux d'eau filtrée, vingt-cinq mille citrons, quatre-vingts pintes de jus de citron, treize cents mesures de sucre, cinq livres de noix de muscade, trois mille biscuits et une pipa de vin de Malaga. Une marquise abritait le bassin de la pluie, qui eût troublé la composition chimique du délicieux breuvage ; et dans un charmant petit bateau en bois de rose, un mousse sous l'uniforme de la flotte ramait à la surface du punch, chargé de servir la joyeuse compagnie, qui comptait plus de six mille personnes.*

PARMIGIANO REGGIANO : TERMINOLOGIE

"Roi des fromages italiens", le parmesan *Parmigiano Reggiano* est un fromage à pâte pressée cuite produit à partir de lait de vaches de race reggiana, non pasteurisé et partiellement écrémé. Il existe toute une série de dénominations pour indiquer la période de fabrication d'une meule (poids moyen 32 kg) :

dénomination	*mois*		
maggengo	avril–novembre	*di tessa*	avril–juin
invernengo	décembre–mars	*di centro*	juillet–août
		tardno	septembre–novembre

Une série d'autres termes permettent de préciser la durée d'affinage :

nuovo < 17 mois · *vecchio* 18–24 mois · *stravecchio* > 24 mois

On emploie le terme *ungia* (ongle) pour caractériser l'épaisseur de la croûte.

CANTATE DU CAFÉ

La cantate BWV 211, composée *ca.* 1732 par J.S. Bach, est un mini opéra comique dont le livret est dû au poète et collecteur d'impôts Picander. Souvent désignée par ses premiers mots, "*Schweigt stille, plaudert nicht*" ("Faites silence et taisez-vous"), elle est aussi surnommée *Cantate du café* parce qu'elle satirise l'engouement pour le café au début du XVIIIe siècle.

CITATIONS SUR LE TABAC

LA REINE ÉLISABETH Ière · [à Sir Walter Raleigh] J'ai connu bien des gens qui changeaient leur or en fumée : vous êtes le premier à changer de la fumée en or.

GEORGE SAND · Le cigare engourdit le chagrin et remplit les heures solitaires d'un million de choses agréables.

MOLIÈRE · … qui vit sans tabac, n'est pas digne de vivre.

SHERLOCK HOLMES · C'est un problème à trois pipes…

COLETTE · Quand une femme connaît la préférence d'un homme, cigares compris, quand un homme sait ce qui plaît à une femme, ils sont bien armés l'un contre l'autre.

JEAN SYLVAIN BAILLY · [à la veille de son exécution] Prenons une prise … il est grand temps d'en profiter : je ne pourrai demain m'offrir cet innocent plaisir, puisque j'aurai les mains attachées.

MARK TWAIN · Arrêter de fumer est la chose la plus facile qui soit. J'en parle en connaissance de cause : je l'ai fait des milliers de fois.

SIGMUND FREUD · Je crois que je dois au cigare ma capacité de travail et mon contrôle sur moi-même.

CLEMENT FREUD · Si vous décidez d'arrêter de fumer, de boire et de faire l'amour, votre vie ne sera pas plus longue ; simplement, elle vous *paraîtra* plus longue.

CHE GUEVARA · Le tabac est un complément habituel, et d'une importance extrême, dans la vie d'une guérilla … les bouffées de fumée qu'il peut émettre dans ses moments de détente sont une fameuse compagnie pour le guérillero solitaire.

MOHAMMED DAUD KHAN · [président d'Afghanistan, 1973–1978] Je ne suis jamais aussi heureux que lorsque j'allume mes cigarettes américaines avec des allumettes soviétiques.

WINSTON CHURCHILL · J'ai toujours Cuba à la bouche.

OSCAR WILDE · Une cigarette, voilà le type parfait d'un plaisir parfait : c'est exquis, et cela laisse insatisfait. Que désirer de plus ?

ROBERT BURTON · Le tabac, le tabac divin, rare, super-excellent, qui passe de loin toutes les panacées, or potable & pierres philosophales, est un souverain remède à tous les maux … lorsqu'il est bien prescrit, pris au moment opportun, & à des fins médicinales, c'est une herbe pleine de vertus ; mais comme la plupart des hommes en abusent, qu'ils en prennent comme un rétameur boit de la bière brune, c'est une plaie, un fléau qui les purge avec violence de leurs biens, leurs terres & leur santé, que ce damné tabac, infernal & démoniaque, ruine & destruction du corps et de l'âme.

QUELQUES INSULTES CULINAIRES

terme culinaire	*pris injurieusement pour*
andouille	*imbécile*
asperge	*personne grande et maigre*
boudin	*voir* thon
cake (tronche de)	*tête de nœud*
citron (face de)	*asiatique*
cornichon	*candidat à Saint-Cyr*
dinde	*femme sotte et prétentieuse*
macaroni (voir aussi p. 13)	*italien*
maquereau	*proxénète*
melon	*maghrébin*
morue	*prostituée*
nouille	*niaise*
œuf (crâne d')	*chauve*
oie blanche	*fille sotte et innocente*
poire	*naïf, dupe*
pomme	*naïf, crédule*
quiche	*gourde*
rosbif	*anglais*
steak	*partenaire sexuel*
thon	*voir* boudin
vache	*sadique ; policier*

SYNDROME DES RESTAURANTS CHINOIS

Le syndrome des restaurants chinois est un ensemble de symptômes – rougeurs, bouffées de chaleur, maux de tête, nausées, et même palpitations, paralysies et douleurs thoraciques – survenant quelquefois chez les personnes qui viennent de manger de la nourriture asiatique. Il a été décrit pour la première fois par le Dr. Ho Man Kwok (*New England Jounal of Medicine*, 1968, 278 : 796). Dans la plupart des cas, les symptomes sont bénins et disparaissent au bout de quelques heures. La cause de ce syndrome demeure incertaine ; même si certaines observations empiriques ont suggéré qu'il pouvait avoir un lien avec le monoglutamate de sodium (MSG), un exhausteur de goût largement utilisé comme condiment dans la cuisine asiatique, plusieurs expériences en double aveugle ont récemment jeté un doute sur cette hypothèse.

TORTILLAS

Les *tortillas* – galettes à la farine de maïs ou de froment – sont un élément essentiel de la cuisine mexicaine, à la base de nombreuses spécialités :

burritos	*grandes tortillas roulées & fourrées de divers ingrédients*
enchiladas	*tortillas roulées, farcies, couvertes de sauce & cuites au four*
tostadas	*tortillas frites & garnies de divers ingrédients*
nachos	*"chips" de tortilla grillée, nappées de* salsa, *fromage, piments, etc.*
quesadillas	*"sandwiches" de fromage et autres ingrédients entre deux tortillas*
tacos	*tortillas frites, garnies de divers ingrédients & pliées en deux*
totopos	*tortillas coupées en triangles, frites & croustillantes*
chilaquiles	*totopos garnies de fromage, piments,* salsa, *oignon, etc.*
chimichangas	*rouleaux de tortilla farcis de divers ingrédients & frits*

COLLATIONS CONTRACTUELLES

Certains artistes de variétés spécifient par contrat les boissons et les aliments qu'il convient de leur servir dans leur loge – quelques exemples :

Cher .... *2 bouteilles de 60 cl de boisson énergétique Gatorade (arôme cerise)*
Prince .... *tisanes, miel, quatre citrons*
Frank Sinatra .... *24 crevettes tigrées, bien fraîches*
Snoop [Doggy] Dogg.... *"les fritures sont la nourriture de base en tournée"*
Guns N' Roses .... *1 plat de fettucine Alfredo*
Britney Spears .. *1 paquet de Doritos ; 1 boîte de pastilles mentholées Altoids*
Tina Turner .... *1 pinte [½ l] de lait chocolaté*
Elton John .... *"surtout pas d'assiette de charcuterie"*
Kiss .... *6 gâteaux de riz au caramel*
The Beach Boys .... *un petit bol de pistaches (pas de pistaches rouges !)*
ZZ Top .... *1 boîte de pâte de fromage américaine*
Aerosmith .... *épis de maïs frais, cuits 3 minutes seulement*
The Who .... *plateaux de légumes & de charcuterie ; corbeille de fruits*
Rolling Stones .. *"une hôtesse élégante, bien maquillée, pour faire le service"*

MANGER DES CYGNES

En Angleterre, sans avoir le statut d'"oiseau royal†", le cygne est un gibier sur lequel la Couronne a établi ses prérogatives depuis le XIIe siècle. En 1483, un édit en réservait la possession aux propriétaires terriens dont les avoirs dépassaient cinq shillings (à l'origine, la valeur du shilling équivalait à celle d'une vache ou d'un mouton). En 1496, la législation faisait du vol d'œufs de cygne un délit passible d'un an de prison. Au fil des siècles, la Couronne a octroyé le droit de détenir et de manger des cygnes à certaines corporations, notamment celles des marchands de vin et des teinturiers, ainsi qu'à diverses autres institutions. Le Registre des Fêtes de St. John's College (Cambridge) signale que des cygnes y ont été servis pour Noël de 1879 à 1894, cuisinés de diverses façon – par exemple en "soupe d'abattis de cygne". Aujourd'hui les prérogatives royales sont limitées par la loi de 1981 sur la faune et la flore sauvage, qui interdisent toute consommation de cygne. À titre de curiosité, voici une recette de cygne rôti du XVe siècle :

Fendez la tête d'un cygne en long depuis le palais jusqu'à la cervelle, saignez & gardez le sang pour cuire les abattis ; ou faites un nœud autour de son col jusqu'à le rompre, puis ébouillantez-le. Pendez-le pour qu'il faisande puis rôtissez-le tout comme vous feriez pour une oie ; servez avec les abattis.

† Au sens où les esturgeons, les dauphins et même les baleines sont dits "poissons royaux" et reviennent de droit à la Couronne britannique s'ils sont pris, pêchés ou trouvés échoués.

PETIT GUIDE DES MILLÉSIMES

	2005	2004	2003	2002	2001	2000	1999	1998	1996	1995	1990	1989	1986	1985
FRANCE · ALSACE [blanc]	⊕	O	O	☆	☆	O	O	O	O	O	O	☆		
BORDEAUX [rouge] · Médoc/Graves	⊕	⊕	⊕	⊕	O	⊕	O	O	O	O	O	O	O	☆
St-Émilion/Pomerol	⊕	⊕	⊕	⊕	⊕	O	O	O	O	O	O	O	O	☆
BORDEAUX [blanc] · Graves	O	⊕	O	O	O	O	O	O	O	O	O	☆	☆	☆
Sauternes/Barsac	⊕	⊕	⊕	⊕	O	O	O	O	O	O	☆	☆	☆	☆
BOURGOGNE [rouge] · Côte-d'Or	⊕	⊕	⊕	⊕	O	O	O	⊕	☆	☆	O	☆		☆
Beaujolais	O	O	☆	O	☆	O	O	☆		☆				
BOURGOGNE [blanc] · Chablis	⊕	⊕	O	O	☆	O	☆	O	O	☆	☆			
Côte de Beaune	⊕	⊕	☆	O	☆	O	☆	☆	☆	☆	☆			
Mâconnais/Côte chalonnaise	O	O	O	O		☆	☆			☆				
VÉE DU RHÔNE [rouge] · Hermitage	⊕	⊕	⊕	O	⊕	O	O	O	☆	☆	☆	☆		☆
Châteauneuf-du-Pape	⊕	⊕	⊕		⊕	O	O	O	O	O	☆	O	☆	☆
VÉE DU RHÔNE [blanc]	⊕	O	O	O	☆	☆	☆							
LOIRE [blanc sec]	⊕	⊕	O	O	O	☆	☆		☆	☆	☆	☆		
SUD-OUEST [blanc : Jurançon]	⊕	⊕	⊕	O	O	O		☆		☆	☆	☆		
LANGUEDOC-ROUSSILLON [rouge]	⊕	⊕	O	O	O	☆	☆	☆						
CHAMPAGNE		⊕	⊕	⊕		⊕	⊕	O	O	O	☆	☆		O
ITALIE [rouge] · Barolo/Barbaresco	⊕	⊕	⊕	O	⊕	⊕		O	O	O	☆	☆		O
Toscane	⊕	⊕	⊕	⊕	O	O	O	O	O	O	O	☆	O	☆
Vénétie	⊕	⊕	⊕		O	O		☆	☆	☆	☆			☆
Italie du Sud, Sicile & Sardaigne		⊕	⊕		O	☆	☆	☆	O	O	☆		☆	☆
ESPAGNE [rouge] · Rioja	⊕	⊕	⊕		O		☆	☆	☆	☆	☆	☆		
Ribera del Duero		⊕		⊕	O	O	O	O	☆	☆				
ALLEMAGNE · Rhin	⊕	⊕	⊕	O	O	O	O	O	O	☆	☆	☆		
Moselle	⊕	⊕	⊕	O	O	O	O	O	O	O	O	☆		
NOUVELLE ZÉLANDE [rouge]	O	O	O	☆	☆	☆	O	O	☆	☆				
AUSTRALIE [rouge : Shiraz]	⊕	⊕	O	O	O	☆	O	O	O	☆	☆			
[blanc : Chardonnay]	⊕	O	O	O	O	☆	☆	☆	☆		☆			
USA · CALIFORNIE · [blanc]	⊕	O	O	☆	O	☆	O	☆	☆	☆	☆			
[rouge] Nord de San Francisco	⊕	⊕	O	O	☆	O	☆			☆	☆			
[rouge] Sud de San Francisco	⊕	⊕	⊕	O	☆	O	O		☆	☆	☆			☆
AMÉRIQUE DU SUD · [rouge]	☆		☆		O	☆								
AFRIQUE DU SUD · [rouge]	⊕	O	⊕		O	☆	O	O	O					

	2003	2000	1997	1994	1992	1991	1987	1983	1982	1980	1975	1970	1966	1963
PORTO VINTAGE	⊕	⊕	⊕	⊕	⊕	O	O	O	O	☆	☆	☆	☆	☆

⊕ = à laisser vieillir · O = à boire dès maintenant, ou plus tard · ☆ = à boire maintenant
Ces indications valent pour les bons vins de quelques régions viticoles "classiques". Leur caractère synthétique entraîne d'inévitables généralisations : dans le doute, prendre l'avis d'un caviste.

BREAKFAST ÉCOSSAIS

Le petit déjeuner chez les Maclean de Torloisk, île de Mull, *ca.* 1784 :

porridge à la crème · harengs salés · œufs · viande de bœuf fumée
bouillie de lait, d'œufs, de sucre & de rhum
beurre · fromage · galettes d'orge · galettes d'avoine · biscuit de marine
gelée de groseille · confiture d'airelle · rhum de la Jamaïque

LES 12 ÉTAPES DES ALCOOLIQUES ANONYMES

Fondée aux États-Unis en 1935, peu après qu'eut été mis un terme à la prohibition de l'alcool, le mouvement des Alcooliques Anonymes s'est bientôt diffusé dans le monde entier. Sa vocation est d'aider ses membres à surmonter leur dépendance à l'alccol et à demeurer abstinents. La méthode des AA repose sur l'entraide, le partage de l'expérience au sein d'un groupe, et sur une sorte de bréviaire volontariste, "les 12 étapes" :

1. *Nous avons admis que nous étions impuissants devant l'alcool – que nous avions perdu la maîtrise de nos vies.* 2. *Nous en sommes venus à croire qu'une puissance supérieure à nous-mêmes pourrait nous rendre la raison.* 3. *Nous avons décidé de confier nos volontés et nos vies aux soins de Dieu tel que nous le concevons.* 4. *Nous avons procédé sans crainte à un inventaire moral approfondi de nous-mêmes.* 5. *Nous avons avoué à Dieu, à nous-mêmes et à un autre être humain la nature exacte de nos torts.* 6. *Nous étions tout à fait prêts à ce que Dieu élimine tous ces défauts.* 7. *Nous lui avons humblement demandé de faire disparaître nos défauts.* 8. *Nous avons dressé une liste de toutes les personnes que nous avions lésées et nous avons consenti à réparer nos torts envers chacune d'elles.* 9. *Nous avons réparé nos torts directement envers ces personnes dans la mesure du possible, sauf lorsque ce faisant, nous risquions de leur nuire ou de nuire à d'autres.* 10. *Nous avons poursuivi notre inventaire personnel et promptement admis nos torts dès que nous les avons découverts.* 11. *Nous avons cherché par la prière et la méditation à améliorer notre contact conscient avec Dieu, tel que nous le concevions, le priant seulement de nous faire connaître Sa volonté à notre égard et de nous donner la force de l'exécuter.* 12. *Grâce à ces étapes, nous avons connu un réveil spirituel ; nous avons essayé de transmettre ce message à d'autres alcooliques et d'appliquer ces principes dans tous les domaines de notre vie.*

EAU POTABLE : NORMES DE L'O.M.S.

concentrations maximales admissibles (mg/l)

chlorures	60
sulfates	400
calcium	200
magnésium	150
total des solides dissous	1 500

ÉTOILES DU MICHELIN

Le premier *Guide Michelin*, publié en 1900, n'était qu'un cadeau publicitaire offert pour l'achat de pneumatiques de la marque fondée deux ans plus tôt par les frères André et Édouard Michelin. Depuis, le guide rouge est devenu une institution gastronomique, célèbre pour sa sélection des meilleurs restaurants classés sur une échelle de trois étoiles (ou macarons) : [*] "très bonne cuisine dans sa catégorie" ; [**] "cuisine excellente et table valant le détour" ; [***] "cuisine remarquable et table valant le voyage". En réalité, une étoile vaut à un restaurant et à son chef une notoriété immédiate, deux étoiles leur assurent la célébrité, et trois étoiles constituent un équivalent culinaire du Prix Nobel. 26 établissements en France, 2 en Belgique et 2 en Suisse ont obtenu cette distinction suprême en 2007 :

CHEF	ÉTABLISSEMENT	SITUATION
Yannick Alléno	*Le Meurice*	Paris Ier
Frédéric Anton	*Le Pré Catelan*	Paris XVIe
Pascal Barbot	*L'Astrance*	Paris XVIe
Patrick Bertron	*Le Relais Bernard Loiseau*	Saulieu
Georges Blanc	*Le Louis XV*	Vonnas
Paul Bocuse	*Paul Bocuse*	Collonges au Mont-d'Or
Michel & Sébastien Bras	*Bras*	Laguiole
Alain Ducasse	*Plaza Athénée*	Paris VIIIe
Alain Ducasse	*Le Louis XV*	Monte-Carlo
Pierre Gagnaire	*Pierre Gagnaire*	Paris VIIIe
Peter Goossens	*Hof van Cleve*	Kruishoutem (B)
Michel Guérard	*Les Prés d'Eugénie*	Eugénie-les-Bains
Paul & Marc Haeberlin	*L'Auberge de l'Ill*	Illhaeusern
Jean-Georges Klein	*L'Arnsbourg*	Baerenthal
Jacques Lameloise	*Lameloise*	Chagny
Christian Le Squer	*Pavillon Ledoyen*	Paris VIIIe
Jean-Michel Lorain	*La Côte Saint-Jacques*	Joigny
Régis & Jacques Marcon	*Le Clos des Cimes*	Saint-Bonnet-le-Froid
Guy Martin	*Le Grand Véfour*	Paris Ier
Bernard Pacaud	*L'Ambroisie*	Paris IVe
Alain Passard	*L'Arpège*	Paris VIIe
Anne-Sophie Pic	*Maison Pic*	Valence
Gérard Rabaey	*Le Pont de Brent*	Bent (CH)
Philippe Rochat	*Restaurant de l'Hôtel de Ville*	Crissier (CH)
Olivier Roellinger	*Les Maisons de Bricourt*	Cancale
Guy Savoy	*Guy Savoy*	Paris XVIIe
Michel Trama	*Les Loges de l'Aubergeade*	Puymirol
Pierre & Michel Troisgros	*Troisgros*	Roanne
Geert Van Hecke	*De Karmeliet*	Bruges (B)
Marc Veyrat	*La Maison de Marc Veyrat*	Veyrier-du-Lac

LE PARMESAN

Girolamo Franscesco Maria Mazzola (1503-1540), surnommé le Parmesan (*Il Parmigianino* en italien) est un peintre formé à Parme dans l'atelier du Corrège puis influencé lors d'un séjour à Rome par les œuvres de Raphaël et de Michel-Ange. Son style maniériste se caractérise par sa grâce voluptueuse (par exemple dans les fresques de *Diane & Actéon* à Fontanellato) et par une tendance marquée à l'étirement des formes (comme dans l'*Autoportrait dans un miroir ovale* ou la *Vierge au long cou*). Même si l'on repère dans sa carrière une période bolognaise (1527-1531), il ne semble pas que ce Parmesan-là ait eu de rapports particuliers avec les spaghettis.

pH DE QUELQUES ALIMENTS

Aliment	pH	Aliment	pH
Citrons	2,3–2,6	Pommes de terre	5,4–5,8
Vinaigre	2,4–2,8	Pain (blanc)	5,4–5,5
Vin	2,8–3,2	Viandes	5,5–6,5
Pommes	3,0–3,3	Chou-fleur	5,6–5,7
Oranges	3,2–3,8	Fromage (pâte dure)	5,6–6,2
Pêches	3,4–3,6	Sardines	6,2–6,4
Yaourt	4,0–4,5	Volailles	6,4–6,6
Bière	4,1–4,3	Lait	6,5–6,7
Café noir	5,0–5,1	[Salive = 6,3–6,4 · pH neutre = 7]	

FOIE GRAS

Considéré par certains comme un délice, par d'autres comme une abomination, le foie gras est un foie d'oie ou de canard surdéveloppé par gavage méthodique du volatile (le record pour un foie d'oie serait de 2 kg). On fait généralement remonter le foie gras à l'époque romaine, où l'on gavait les oies avec des figues : Caton, Columelle et Palladius en ont donné la recette, et l'empereur Héliogabale – dont le règne bref (218–222) est passé à la postérité pour ses excès de débauche et ses orgies homosexuelles – nourrissait même ses chiens de foie gras. D'aucuns avancent cependant que le foie gras était déjà connu dans l'Égypte ancienne, sur la foi de représentations de gavage retrouvées dans le tombeau d'un haut fonctionnaire de la Ve dynastie, Ti (*ca.* -2430). Le sauternes ou le xérès accompagnent idéalement le foie gras ; mais il est certains gourmets qui plaident plutôt en faveur du porto, du madère ou même du champagne. Quant à Grimod de la Reynière, il buvait de l'absinthe suisse sur le foie gras, mais prévenait :

… rien n'est au-dessus d'un excellent pâté de foies gras :
ils ont tué plus de Gourmands que la peste.

FLETCHERISME

C'est après s'être vu refuser un contrat d'assurance vie au prétexte qu'il était trop gros qu'Horace Fletcher (1849–1919) inventa le système nutritionnel, ou la philosophie de la vie, qui porte son nom. Le fletcherisme vise à donner à chacun un esprit sain et un corps sain en disciplinant l'appétit et les mécanismes de la manducation : "Le cœur du fletcherisme consiste d'abord en un entraînement du système musculaire et mental, ensuite en une profonde attention prêtée à tout ce qui est absorbé par le corps, car toute prise de nourriture ... peut être efficace ou inefficace." Il semble que le fletcherisme ait été influencé par William Gladstone, le premier ministre de la reine Victoria, qui donnait ce conseil aux enfants :

Mâchez votre nourriture trente-deux fois,
pour que chacune de vos trente-deux dents ait sa chance avec elle.

On s'est beaucoup moqué de ce "culte du mâchouillage", et beaucoup n'ont vu dans le fletcherisme qu'une "mastication excessive". Il a pourtant eu ses partisans, dont le milliardaire John Rockefeller qui y voyait un moyen de "trucider le démon indigestion". Voici les Cinq Principes du fletcherisme :

1. Attendez que l'appétit vous vienne vraiment.
2. Parmi les nourritures qui s'offrent à vous, choisissez celles qui excitent le plus votre appétit ; prenez-les selon l'ordre que vous inspire l'appétit.
3. Exprimer dans votre bouche tout le bon goût que recèle la nourriture, et ne l'avalez que lorsque, pour ainsi dire, elle "s'avale d'elle-même".
4. Savourez le bon goût jusqu'au bout, et ne laissez aucune pensée, chagrine ou plaisante, détourner votre esprit de cette cérémonie.
5. Ne vous hâtez pas ; prenez et *savourez le plus possible* ce que l'appétit approuve ; la Nature fera le reste.

Les éditeurs du manifeste *Fletcherism* (1913) déclarent, dans un avant-propos un rien présomptueux : "On peut affirmer sans risque qu'aucun lecteur censé ne refermera ce livre sans avoir été convaincu de ce que les principes d'alimentation et de vie de Mr. Fletcher sont les plus sains qui aient jamais été énoncés."

ASTRONOMIE / GASTRONOMIE

Le mot *gastronomie* a été forgé par un poète obscur, Joseph Berchoux, en 1800. Il s'agissait d'abord d'un calembour : ce néologisme servait de titre à la parodie d'un poème didactique intitulé *L'Astronomie.* Brillat-Savarin s'est souvenu de ce lien originel entre astronomie et gastronomie :

La découverte d'un mets nouveau fait plus, pour le bonheur
du genre humain, que la découverte d'une étoile.

QUELQUES ÉTABLISSEMENTS CONSEILLÉS

FRANCE

Au Bistro de la Sorbonne .... Paris Ve
Au Bon Saint-Pourçain .... Paris VIe
L'Astrance .... Paris XVIe
La Grange .... Les Contamines
La Gare .... Paris XVIe
Le Rubis .... Paris Ier
L'Atelier de Joël Robuchon ..... Paris VIIe
Le Louis XV .... Monte-Carlo

GRANDE-BRETAGNE

Andrew Edmunds .... London W1
Stac Polly .... Edinburgh
The Ivy .... London W1
Vertigo 42 .... London EC2
Wiltons .... London, SW1
The Merchant House .... Ludlow
Cecconi's .... London W1
Gidleigh Park Hotel .... Chagford, Devon
Bar Italia .... London W1

ÉTATS-UNIS

Caffe Reggio .... New York, NY
Mustards Grill .... Napa, CA
Tribeca Grill .... New York, NY
Fog City Diner .... San Francisco, CA
LuLu's Noodles Diner ..... Pittsburgh, PA
Spec's .... San Francisco, CA
Woody Creek Tavern .... Aspen, CO
Tortilla Flats .... New York, NY
I Truli .... New York, NY
The Tavern on Rush .... Chicago, IL

RESTE DU MONDE

Els Tinars ...... Sant Feliu, Girona, Espagne
Impression .... Berlin, Allemagne
Da Fiore .... Venise, Italie
Three Brothers Inn .... Bali, Indonésie
Ocean Sports Hotel ...... Watamu, Kenya
Loos Bar .... Vienne, Autriche
Banana Leaf Apolo .... Singapour
The Bounty Hotel .... Bali, Indonésie
Al Cavallino Bianco .... Rome, Italie
Can Ganassa .... Barcelone, Espagne
Doyle's .... Sydney, Australie
Corte Sconta .... Venise, Italie
Five Flies .... Le Cap, Afrique du Sud
Auberge des 4 Vents ...... Fribourg, Suisse
Villa Santi .... Luang Prabang, Laos
Enoteca Pinchiorri .... Florence, Italie
Mar de la Ribera ..... Barcelone, Espagne
Café des jardins de Boboli. Florence, Italie
Es Moli de Foc .... Minorque, Espagne
L'Ulmet .... Milan, Italie
Weber's .... Ontario, Canada
Pop .... Heidelberg, Allemagne
Scaramouche .... Toronto, Canada
Gyoza Centre .... Hakone, Japon
Accademia .... Zurich, Suisse
Ristorante Belvedere ..... La Morra, Italie
Antica Osteria da Divo .... Sienne, Italie
Aries .... Little Corn Island, Nicaragua
The Stokehouse ...... Melbourne, Australie
Yacout .... Marrakech, Maroc
Mudbrick Vinyeard. Waiheke, Nlle Zélande

Établissements fréquentés par le Traducteur pendant l'adaptation des *Miscellanées culinaires de Mr. Schott*

L'A.O.C. .... Avignon
Lina's .... Paris Ier, IIe, Ve
Festivo .... Paris IXe
D'Olivier .... Lyon VIe
Le Pré Verre .... Paris Ve
Pizzetta .... Paris IXe
Couleurs Café .... Montélimar
Café gourmand .... Genève, Suisse
O'Neil .... Paris VIe
Le César .... Paris IXe
EST Wijnbar .... Bruges, Belgique
Bagels & Brownies .... Paris XIIIe
Rose Bakery .... Paris IXe
Teac Jack .... Derrybeg, Irlande

LECTURES COMPLÉMENTAIRES

De re coquinaria libri decem................Marcus Gavius Apicius, *ca.* 30
Les Deipnosophistes [Banquet des Sages]..................Athénée, *ca.* 190
Le Viandier de Taillevent.......................Guillaume Tirel, *ca.* 1350
Le Mesnagier de Paris.. *ca.* 1393
Façon & manière de faire toutes confitures............Nostradamus, 1555
Opera divisa in sei libri.........................Bartolomeo Scappi, 1570
Le Cuisinier français....................François-Pierre La Varenne, 1651
De Masticatione mortuorum in tumulus.............Michaël Ranft, 1728
La Cuisinière bourgeoise..Menon, 1746
Almanach des Gourmands..................Grimod de la Reynière, 1803
Le Maître d'hôtel français...........................Antonin Carême, 1822
La Physiologie du goût...............Jean-Anthelme Brillat-Savarin, 1826
Manuel complet d'économie domestique...............Mme Celnart, 1827
Traité des excitants modernes.....................Honoré de Balzac, 1833
The Pantropheon..Alexis Soyer, 1853
Beeton's Book of Household Management...........Isabella Beeton, 1861
Le Livre des conserves....................................Jules Gouffé, 1867
Le Grand Dictionnaire de cuisine................Alexandre Dumas, 1873
Why Not Eat Insects ?..............................Vincent M. Holt, 1885
Bibliographie gastronomique.......................Georges Vicaire, 1890
Les Mémoires d'une fourchette......................Charles Wallut, 1892
L'Art de manger de toutes choses à table..............Baronne Staffe, 1893
Première année de cuisine à l'usage des écoles de jeunes filles.......... 1897
Petit Bréviaire de la gourmandise.................Laurent Tailhade, 1919
Le Guide culinaire.................................Auguste Escoffier, 1921
Gastronomie pratique...Ali Bab, 1928
Potatoes as Food and Medicine............Henry Valentine Knaggs, 1930
Je sais cuisiner....................................Ginette Mathiot, 1932
The Savoy Cocktail Book..........................Harry Craddock, 1933
Be Bold With Bananas........South Africa Banana Control Board, 1970
Why Popeye Took Spinach. R. Hunter, *The Lancet*, I (7702), p. 746–747, 1971
Le Mangeur du XIXe siècle..........................Jean-Paul Aron, 1973
Un festin en paroles............................Jean-François Revel, 1979
La Cuisine du sacrifice en pays grec.... M. Détienne & J.-P. Vernant, 1979
Bad Breath : a Multidisciplinary Approach.....D. van Steenberghe, 1996
The Book of Jewish Food...........................Claudia Roden, 1997
Proceedings of the 5th Cheese Symposium.......Tim M. Cogan (ed.), 1997
La Cuisine préhistorique............................Alain Bernard, 1998
Itinéraire culturel et technologique de la brosse à dents. S. Bogopolsky, 1999
Bubbles in Food.........................Grant M. Campbell (ed.), 1999
Technology of Biscuits, Crackers, & Cookies.........Duncan Manley, 2000
Histoire des peurs alimentaires..................Madeleine Ferrières, 2002
Casseroles & éprouvettes.......................................Hervé This, 2002

INDEX

Les mauvais indexeurs sont légion, et le plus singulier est que chacun d'eux commet le même genre de bévues – des bévues dont on n'imaginait pas que qui que ce soit pût les commettre, jusqu'à ce qu'on les retrouve, noir sur blanc, encore et toujours.

— HENRY B. WHEATLEY, *How to Make an Index,* 1902

A.A.A.A.A. – CAKE D'AMOUR

CALENDRIER ÉPICURIEN – FAVISME

FESTIN DES PAUVRES – MERDRE

MESURES – RECORDS ALIMENTAIRES

RECRACHER - ZOO (MANGER LE)

The cook was a good cook, as cooks go ;
and as cooks go, she went.

Pour une cuisinière, la cuisinière
connaissait vraiment bien sa partie :
tant et si bien, qu'elle est partie.

— SAKI · *Hector Hugh Munro* (1870–1916)

OCCURRENCES DIVERSES

aliment	*mentions*
Chocolat	38
Ortolans	16
Œuf	91
Hippopotame†	5
Salade	26
Poulet	29
Thé	43
Café	55
Fugu	20
Lait	53
Fromage	44
Cake	10
Pain	58
Vin	157
Eau	104
Beurre	41
Asperges	22
Taupe	1
Poisson	39
Cheval	20

† *considéré comme un poisson*

Nombre de mots ... 52 172

– *finis* –